# LE BEL OBSCUR

*CAROLINE LAMARCHE*

# LE BEL OBSCUR

roman

*ÉDITIONS DU SEUIL*
*57, rue Gaston-Tessier, Paris XIX^e^*

Caroline Lamarche est représentée par l'agence Astier-Pécher.

ISBN 978-2-02-160343-9



www.seuil.com

À un certain moment elle doit se dire : voici l'instant où, sans rien faire qui soit violent, je puis montrer le sens de toute cette histoire.

Virginia Woolf,
*Une chambre à soi*

Le corps du bel obscur hors du drap des paroles [...].

Francis Ponge,
« L'avenir des paroles »

# 1

J'arracherai le buddleia. Sa beauté trompeuse a régné trop longtemps. Malgré son parfum et l'éclat de ses fleurs, ses feuilles renferment une molécule toxique pour les chenilles, il prend la place d'autres espèces, bref, c'est une plante invasive. Il est vrai que ce qui fut autrefois notre jardin, à Vincent et moi, est à ce point délaissé que la vigueur du buddleia constitue une prouesse. Longtemps je me suis réjouie de sa résistance là où les autres plantes sont envahies de liserons ou servent de banquet aux limaces. Ses fleurs en cierges, de ce violet splendide dont on décorait autrefois les églises en carême, me saluent du printemps à l'automne. Son surnom d'*arbre à papillons* a colonisé mon imaginaire.

Dans mon enfance, les papillons étaient innombrables. Je virevoltais tout l'été en robe fleurie, mon filet à la main, les attrapant, les relâchant, les paons de jour, les piérides, les vulcains, les citrons, l'argus bleu nacré, le machaon, parfois les endormant à jamais dans un bocal où j'avais déposé un coton imbibé d'éther. Il ne me semblait pas que je leur faisais du mal, cette créature vit si peu de jours, moi-même j'aimerais mourir de la sorte, capturée par Dieu ou ses anges et posée sur un nuage merveilleusement odorant. Je n'étais pas collectionneuse, j'en usais des papillons comme je le ferais plus tard de mes amoureux : passionnément élus, objet de poursuites et de jeux, adorés le temps d'une saison puis momifiés dans la cage de verre de ma mémoire.

Au fil des ans tout cela a presque entièrement disparu. Aussi l'idée que le jardin pourrait devenir un havre de biodiversité par la grâce d'un seul arbuste m'a-t-elle un temps consolée. Ses branches molles et ligneuses m'irritent, mais ses fleurs violines que fréquente une petite société virevoltante rachètent ce manque de tenue. Ce que j'ignorais, et dont je m'aperçois en ce jour où il devient clair que tout cela est un leurre, un piège, une arnaque, c'est que les racines du buddleia sont aussi tenaces que sournoises.

J'emprunte à ma sœur une scie, une hache, une bêche, je fais tomber une branche après l'autre, réduis l'arbuste à un moignon infâme, tente d'attaquer le tronc. Je m'attendais à une moindre résistance. La hache ne sert à rien, la bêche bute contre des duretés invisibles. Je tourne autour, sciant, hachant, tranchant, furieuse et faible. Il me faudrait une force d'homme, Vincent, Nikolaï, ou les deux à la fois. J'aspire aux conseils du premier, que j'ai si longtemps appelé « mon cher mari », « mon amour », et à la vigueur du second, vingt-huit ans de moins. À nous trois nous pourrions venir à bout de cet ersatz d'arbre. Pourquoi suis-je toujours en colère toute seule ?

## 2

J'y suis enfin parvenue. En sueur, ma tendinite martyrisée, moulue au point de laisser là, en désordre, les reliefs du massacre, je file m'allonger sur le divan d'autrefois, aujourd'hui recouvert d'un jeté de coton bigarré déniché en brocante. J'ai l'art des agencements ingénieux. Je me suis constitué, depuis quelque temps, un intérieur libéré de ces compromis qui règlent la déco d'un lieu dit *conjugal.* Le moindre objet je l'ai placé au prix de réflexions d'autant plus interminables que je suis incapable de planter un clou qui tienne ou de raccorder un fil électrique, autrement dit j'ai avec l'inanimé un rapport hautement méditatif et maladroit. Pour le reste, je verrais bien le métier de bûcheron comme complément idéal à ce qui occupe mes journées, quelque chose de plus consistant, musculairement, que de percuter un clavier. Mais voilà, dans le monde où je suis née, les hommes bûcheronnent, pas les femmes. Toujours cette question de moindre force et d'enfants à garder. En attendant, rétamée jusqu'à l'os par cet effort énorme, abasourdie par ma victoire, je lis, l'ayant ouvert au hasard, *Les Alchimistes grecs*.

Ce livre, dont la couverture jaune d'or m'a tiré l'œil à la brocante du vendredi, me fascine tandis que je commence à réfléchir à l'histoire effacée d'Edmond. Depuis que j'ai découvert son existence dans une des malles qui contiennent les archives de mes métallurgistes d'ancêtres, je me suis lancée dans la lecture d'ouvrages techniques relatifs à la transformation des métaux. *Les Alchimistes grecs*, sorte de traité des arts et métiers datant de l'Antiquité, me semble empreint d'une haute poésie. Le chapitre sur lequel je suis tombée en l'ouvrant au hasard s'intitule « Trempe du fer indien » et débute de la sorte : « Prenez du fer mou, quatre livres, coupez en petits morceaux, prenez de l'écorce du fruit rouge qui s'appelle *elileg* chez les Arabes, et de la magnésie de verrier supérieure féminine, pilez le tout ensemble, pas très fin, mêlez à quatre livres de fer et mettez au creuset. Ensuite après cela, ajoutez du charbon et avivez le creuset jusqu'à ce que le fer soit dissous et que les espèces s'unifient avec lui. Telle est la méthode première et royale avec laquelle on produit les étonnantes épées. »

Ce qui me charme dans ces lignes rédigées comme une recette de haute cuisine, c'est l'hétérogénéité des ingrédients et les qualificatifs ambigus servant à les définir. Qu'est-ce que du *fer mou* ? De la *magnésie féminine* ? Ces choses me troublent, j'y pressens une fusion des genres en proportions mystérieuses. C'est un rêve. Un rêve précis comme le sont souvent les miens, mais dont le sens échappe.

À l'âge de vingt ans, alors que j'explorais passionnément l'œuvre de Carl Gustav Jung, j'avais noté que le mot *alchimie* dérivait du grec ancien *khêmeia*, signifiant l'« art de fondre et d'allier les métaux », mais j'ignorais alors que mes ancêtres étaient maîtres de forges et que mon père s'était plongé dans leur histoire. Je réservais mon intérêt aux songes dont mes nuits étaient peuplées, les notant dans un cahier Clairefontaine qui ne quittait pas mon chevet. C'était au temps où mon inconscient n'arrêtait pas de bourgeonner et fleurir, je n'avais plus besoin des prêtres, je fuyais les adeptes, alors proliférant, du New Age. L'âge du Verseau je m'en fichais, j'avais à ma disposition une cosmogonie riche en messages qui m'étaient personnellement adressés, jour après jour je me nourrissais de mes nuits.

## 3

Malgré l'attrait de son titre et l'éclat de sa couverture, j'étais, en l'achetant, persuadée que *Les Alchimistes grecs* m'ennuierait. Ce soupçon, la beauté de la traduction l'a balayé d'emblée. J'ai d'autres lectures en cours que je scrute dans l'espoir d'éclaircir pour moi-même mes trente ans d'*amour comme rêve durable* – expression surgie à l'instant et qui me paraît idéale pour désigner ce qui n'a cessé d'obséder les humains. « L'amour / comm' rêve / durable », c'est trois fois deux syllabes, soit un rythme identique à celui de « la trempe / du fer / indien ». Voilà qui me ramène aux alchimistes grecs et à leur produit fini, les *étonnantes épées*. En les qualifiant de la sorte, le texte les érige en objets aussi spirituels que matériels : je les vois dressées dans leur pâle et dure nudité comme les sept épées de « La chanson du mal-aimé ».

Outre les poèmes d'Apollinaire, mes mantras en temps de crise, j'écume divers essais traitant du couple, des textes de philosophes, de sociologues, de psychologues, et je dévore des romans. Les contemporains n'instruisant guère l'excentricité de ma propre existence, j'en relis de plus anciens, *La Femme changée en renard* de David Garnett ou encore *L'Histoire de ma femme* de Milán Füst, ce qui ne m'empêche pas d'avancer à l'aveugle comme dans un rêve confus. Vincent, lui, depuis qu'il est avec Nikolaï, semble marcher en pleine lumière, guidé par l'obsession commune : le couple, toujours le couple, ses querelles, ses réconciliations, l'usure ou les reprises, le chiffre *deux* érigé en inusable idéal du vieillir-ensemble, ce qui, étant donné leur écart d'âge, s'annonce pour lui comme une sorte d'ultime plan de carrière. Ce repli, après la vie que nous avons menée, me surprend et m'irrite. Non que je sois particulièrement étonnée d'avoir été écartée au profit d'une jeunesse – issue assez banale pour une femme de mon âge – mais je suis persuadée que, sans le *trois*, le *deux* s'effondre. Deux tours de clé verrouillent les portes, un troisième force le mécanisme, pulvérise les serrures, laisse entrer la tempête, les monstres, la beauté et la joie, tout ce qui marchait de concert au temps des expériences risquées, des aveux transparents, des rétablissements acrobatiques. Le temps d'avant la Grande Simplification.

J'avance de nuit en écrivant ces lignes, errant comme autrefois sans les visions d'autrefois. Mais soudain, au terme de mon effort pour arracher jusqu'au souvenir du buddleia, la lecture des *Alchimistes grecs* me réveille tel un coup d'épée. Jusque-là abandonné au milieu d'autres, le petit ouvrage jaune vif devient mon livre de chevet. J'explore sans les comprendre, dans une pure griserie, les recettes des métallurgistes de l'Antiquité, trouvant dans leur grâce sèche un antidote à l'envahissante sentimentalité de notre époque. De manière plus personnelle, je puise dans la recette de la *trempe du fer indien* l'énergie pour mener à bien ma méditation sur un motif tenu secret pendant cent soixante ans pour Edmond, trente années pour moi-même.

## 4

Quand j'ai découvert l'existence d'Edmond, je me suis précipitée sur cette voie de traverse dans l'espoir de faciliter le chemin vers l'élucidation de mon propre destin. Les détours m'ont toujours servi. Tout ne commence-t-il pas à la faveur d'une découverte fortuite, la conquête de l'Amérique comme les bêtises de Cambrai ? De même, je n'aurais jamais eu connaissance d'Edmond sans ma sœur qui, occupée à faire place nette après la mort de nos parents, m'a signalé, dans un recoin oublié de la cave, un coffre de bois rongé d'humidité. Quelques semaines plus tôt, j'avais mis un point final, croyais-je, à l'inventaire des archives familiales, les replaçant avec soulagement là où notre père avait cru bon de les entreposer, armoires à l'étage, malles métalliques au grenier. Et voilà que ma sœur, alors que nous nous apprêtions à déjeuner tranquillement, me signalait ce coffre au fond pourri, me priant de l'en libérer. Je me suis sentie vaguement accablée, même si la beauté des documents anciens, leurs encres résistantes, leur délicatesse soyeuse m'avaient émerveillée avant que je les rende à leur sommeil d'archives.

J'ai soulevé le couvercle au bois gonflé et sorti une pile de documents. La plupart, qui s'effritaient, n'offraient aucun intérêt. Seule une enveloppe de réemploi en carton orange, marquée du sigle Agfa-Gevaert, m'a semblé intéressante par sa robustesse autant que par l'étiquette sur laquelle je retrouvais l'écriture fluide et fine de mon père : « Un diplôme, deux photos et deux lettres d'"Edmond". Demandé le 9/12/1994 à Thomas : Est-ce le même ? »

Curieuse question. La date de 1994 correspond à l'année où il mettait la dernière main à un ouvrage de généalogie relatif à la famille de ma mère, dont Thomas est le dernier représentant de sexe masculin. Mes ancêtres maternels furent des pionniers de la métallurgie liégeoise. À l'aube de la révolution industrielle, le fer de leurs fonderies, issu de procédés plus récents que la *trempe du fer indien*, servait à tout, y compris à fabriquer des armes, escopettes gros calibre, mousquets de parade, pistolets de combat ou à poignée de perle, fusils damasquinés pour les chasses de l'élite ou fusils simples, dits *de traite*, exportés dans les colonies pour l'usage qu'on devine.

De l'enveloppe orange j'ai retiré tout d'abord une photo. Celle d'un jeune homme à la barbiche en pointe et aux moustaches en crocs, *à l'impériale*, selon la mode lancée par Napoléon III. Il se tient si raide que son visage semble artificiellement collé au corps. L'expression, le regard surtout, reflète une timidité juvénile que compense la raideur corporelle. Visiblement « Edmond » a pris la pose, ce que confirme sa tenue. Un uniforme de cadet, ai-je pensé, sans savoir exactement ce qu'était un cadet : un militaire ? un étudiant ? Pantalon immaculé, veste à col officier de teinte foncée, épaulettes à franges, deux rangées verticales de boutons rutilants. À sa droite, sur un guéridon, est déposé son couvre-chef, un shako d'apparat orné d'un motif de marteau et de burin entrecroisés. L'attitude est convenue, la main droite introduite sous la veste, la gauche posée sur une rapière à la garde ouvragée qui tient moins des *étonnantes épées* que d'un accessoire d'opérette ou de duel factice.

La seconde photo manque. Si je me réfère à la question de mon père à son cousin par alliance, elle devait être très différente.

Quant aux documents, me frappe d'abord leur disparité. Le premier dont je me saisis consiste en une lettre envoyée par Edmond à « Mon cher et bon papa ». Elle est datée du 25 mai 1856 et écrite depuis Freiberg, qui se trouve près de Dresde. La graphie en est organisée et sage, les majuscules ornées. Le jeune homme, visiblement étudiant, remercie son père pour l'argent envoyé – « 54 thalers » – et se réjouit de la fin des cours qui le ramènera à Liège pour retrouver « Schlemyl qui n'est pas méchant mais fougueux et impatient, choses qui ne sont ni mauvaises ni désagréables », ajoutant qu'il montera bientôt son cheval « avec de bons éperons et une cravache solide ». La lettre se clôture par ces mots : « comme je dois encore écrire à maman, je terminerai ici ma missive en t'embrassant de tout cœur ».

Un autre document, papier fort, grand format, déploie, encadré d'une guirlande de feuillage et surmonté de l'écusson de la ville, ce texte, paraphé par le bourgmestre :

*Ville de Liège*

*COURAGE, DÉVOUEMENT, HUMANITÉ*

*Par délibération du Conseil Communal de Liège du 7 août 1863, une mention honorable a été décernée à Mr Edmond H. demeurant à Liège pour le fait suivant :*
*Le 21 mars 1862, il a sauvé deux jeunes gens qui se noyaient dans la Meuse.*

Mon père aimait les héros, lui à qui la vie ne donna aucune occasion particulière de bravoure. Géologue de formation, il n'avait rien de flamboyant mais un air modeste, souvent joyeux, et une ironie qui passait sous les radars de l'agitation familiale. Je me souviens des cordes qu'il tendait entre deux arbres et sur lesquelles il nous faisait marcher, de la cible de paille plantée dans la pelouse et de l'arc trop grand qu'il plaçait entre nos mains, des esquifs qu'il nous taillait dans du balsa pour les lancer sur les ruisseaux. Je me souviens surtout de la manière dont il me racontait des histoires dont les protagonistes étaient souvent victimes d'un acte héroïque qui avait mal tourné. Il a vécu longtemps et tranquillement mais il s'intéressait aux vies intenses et brèves.

Le dernier document, une demi-feuille de papier gris couverte de phrases au crayon, est d'aspect chaotique, ce qui explique sans doute aussi la question « Est-ce le même ? ». Était-ce bien le même scripteur, passé d'une lettre filiale soignée à ce brouillon sans date ni signature ? Rien n'indiquait que ce fût là l'écriture de celui qui s'adressait ailleurs à « Mon cher et bon papa », sinon la présence de ce feuillet dans le dossier visiblement constitué, avec la minutie qui caractérisait nos familles, des seuls documents relatifs à ce personnage. Pourquoi avoir conservé ce bout de papier grisâtre à la graphie négligée ? Que recelaient ces lignes embrumées par le temps ? Peut-être étaient-elles déjà difficilement lisibles quand on l'avait trouvé, le crayon en étant peu appuyé sinon sur deux passages vigoureusement barrés. Autant d'interrogations et de supputations qui durent être celles de mon père.

Avant de tenter de le déchiffrer, je me suis dit que toute existence ressemblait à un brouillon. Année après année nous transformons à tâtons le minerai de notre propre destin sans jamais parvenir à l'or rêvé. La voilà, notre vie, notre seule vie. Raison pour laquelle nous en raturons parfois des pans entiers avec violence. Néanmoins ils restent là, ces vestiges de nos essais et erreurs, illisibles mais bien présents. Songeant de la sorte, je suis allée chercher la loupe de mon père, un des objets laissés sur son bureau après sa mort, et je me suis placée sous une lumière vive.

*... son âme gavée de douleur pleurait un fils chéri,*
*les larmes formaient deux ruisseaux sur ses joues amaigries par les veilles et les nuits d'insomnie qui avaient suivi le*

*trépas de son fils, rien ne la liait plus à la vie [quelques mots barrés]*
*quand un ange, le front ceint d'une auréole de charité, lui apparut glissant dans un rayon de soleil couchant, et d'une voix douce et mélodieuse dont le timbre allait à l'âme lui fit entendre ces mots : console-toi, parfaite mère chérie, le Créateur aura pitié de toi, il m'envoie du haut des cieux pour te conseiller. ton fils est heureux là-haut, le Seigneur lui sourit et il prie pour toi, jusqu'au jour où Dieu vous réunira pour toujours.*
*[Six lignes violemment barrées.]*

Texte étrange, d'un lyrisme daté. Deux personnages, la mère et le fils mort, flanqués d'un ange messager dont on attend la suite, peut-être amorcée dans le passage illisible de la fin. Le début tâtonné d'une fiction ? Sa présence au sein d'archives si ténues sème la confusion.

Je replonge dans l'ouvrage rédigé par mon père. L'arbre généalogique officiel était lacunaire, signale-t-il, Edmond en était absent. Sa trop brève existence tient en cinq dates. 30 octobre 1834 : naissance à Liège. 25 mai 1856 : il écrit à son père depuis Freiberg. 21 mars 1862 : il sauve deux jeunes gens tombés dans la Meuse. 7 août 1863 : il est distingué par la Ville de Liège pour son acte héroïque. 15 juin 1865 : il meurt à Orléans.

Mon père s'est toujours efforcé d'aller chercher les invisibles. En quelques lignes il réintègre Edmond dans le continuum familial. Ses parents se nomment Alphonse et Adrienne. Il est l'aîné de quatre, une fille et trois garçons, et le seul à avoir été effacé de l'arbre familial. Certes il arrive à des hommes sans descendance d'être rayés d'une page qui laisse peu de place aux branches stériles, pourtant son frère Antoine, resté célibataire, est bien là, sa sœur Céline également ainsi que son second frère, Henri, le seul qui fera souche. Rapprochant la mystérieuse absence d'Edmond de la question de mon père relative à son identité – « Est-ce le même ? » – je décide, autant par piété filiale que par curiosité, de tenter d'en savoir davantage.

## 5

Je téléphone à Thomas, mon grand-cousin le plus âgé du côté maternel, à qui donc mon père a posé en 1994 sa question. Sa voix est grave et lente, il semble touché par mon appel, quoique me connaissant peu. Il se souvient que mon père l'avait interrogé en ces termes : l'Edmond écrivant depuis Freiberg était-il aussi celui qui avait rédigé le billet au crayon ?

J'ajoute dans la foulée ma propre question : « Où se trouve la deuxième photo mentionnée par mon père ? » « Je l'ai, je te la trouverai, me dit Thomas. C'est une photo plus grande, où il est travesti. » *Travesti*. Le mot m'alerte. Pourquoi n'a-t-il pas dit *déguisé* ? « Ton père la trouvait belle. Il me l'avait confiée après que je lui ai proposé de l'encadrer. Ce que je n'ai pas fait, finalement. »

Quant au reste, Thomas se souvient avoir répondu à mon père que le brouillon ne lui semblait pas de la même main que la lettre. C'était du moins son avis à ce moment-là, un avis motivé par l'impossibilité de réconcilier la figure sobre de l'étudiant avec ce scripteur à la sentimentalité aussi grandiloquente que tragique. Mais un quart de siècle s'est écoulé depuis et, comme souvent, le regard d'une nouvelle génération apporte du neuf, *a fortiori* s'agissant de la première femme qui s'aventure sur le terrain de l'archive. Là où mon père et Thomas avaient traqué les vestiges d'une légende familiale éclatante et virile, j'ai constaté, en parcourant diverses correspondances, que les hommes de la famille conjuguaient la plus grande intelligence en affaires avec un surprenant sentimentalisme lorsqu'ils s'adressaient à leur épouse ou à leur mère.

Au téléphone, je le fais remarquer à Thomas qui se montre, dès lors, moins catégorique. « On pourrait poser la question à un graphologue », dit-il, pensivement. A-t-il une idée de la raison pour laquelle Edmond a été effacé de l'arbre généalogique ? « Chez nous on ne parlait jamais de lui. On disait simplement : *il a fait beaucoup de chagrin à sa mère.* » L'expression m'alerte, elle aussi. Sa portée victimaire. Associée à la figure de la mère, pilier de l'ordre moral en un siècle puritain, elle me fait immédiatement penser à la phrase qui conclut *Le Procès* de Kafka : « C'était comme si la honte devait lui survivre. »

Dans son livre, mon père a fait suivre le nom d'Edmond de la mention « ingénieur des Mines, Bergakademie, Freiberg ». Cette Bergakademie, l'École des mines la plus prestigieuse de l'époque, est située dans la ville de Saxe d'où a été envoyée la lettre à « Mon cher et bon papa ». « On ignore à peu près tout de son existence », résume mon père. Ce jeune homme courageux a donc été banni pour quelque obscure raison et dans des circonstances tout aussi mystérieuses. Pas étonnant qu'il ait intéressé mon père, qui adorait les héros malchanceux. À mon tour de scruter le moindre des indices à ma portée. Pourquoi a-t-il fini à Orléans alors que Liège regorgeait d'occasions pour un fils ingénieur issu d'une famille propriétaire de mines ? Et de quoi est-il mort à seulement trente ans ? Je calcule aussi que plonger dans la Meuse un 21 mars revient à se mettre brutalement en contact avec une eau à cinq degrés maximum et que sauver deux jeunes gens signifie y plonger deux fois. Le maître du récalcitrant Schlemyl était donc aussi un nageur émérite. La photo à l'uniforme masque peut-être, sous une apparence timide et lisse, un tempérament de feu.

## 6

*Schlemyl*. Je me demande d'où vient ce nom, pour un cheval. J'en cherche la signification en allemand, langue couramment pratiquée par Edmond et, de manière générale, par les industriels liégeois de l'époque. Je ne trouve que le terme yiddish *schlemil*. Il ne me faut pas investiguer bien loin pour découvrir que la communauté juive allemande d'alors, à la mobilité remarquable, était constituée de commerçants ou de banquiers qui entretenaient des liens étroits avec leurs homologues liégeois. Et que le *schlemil*, dans la culture juive, c'est l'éternel malchanceux, celui qui va de déboires en désillusions. Un *schlemil* vous attire la poisse, un *schlemil* est à exclure du cercle des gens de bonne compagnie. Mais le *schlemil* est tenace et capable, s'il parvient à saisir sa chance, de vaincre les obstacles devant lesquels échoueraient d'autres individus en apparence plus habiles.

Quant à la lettre y, qui a pris la place du i dans le prénom du cheval, elle représente graphiquement en majuscule (Y) une croisée de chemins. Dans les contes populaires, le héros égaré finit toujours par arriver à une intersection : dans quelle direction poursuivre ? Lequel des deux chemins le mènera vers le salut, lequel provoquera sa perte ? Edmond, ce *schlemil* dont la biographie se résume à cinq dates, a bifurqué vers le malheur. Quel malheur ? Avant cela il a été étudiant à Freiberg, rêvant à son cheval comme à un autre lui-même. L'esprit et le corps, l'étude et l'art équestre : une personnalité promise à la plus harmonieuse intégration. D'où vient qu'à la croisée des chemins Edmond ait été précipité vers l'abîme ? Qu'a-t-il tenté d'exorciser avec le brouillon raturé, si du moins cette page est bien de sa main ? Quelle place y tient le personnage, réel ou fantasmé, de la mère ? Plus je scrute les traces ténues de sa trop brève existence, plus grandit mon désir d'en savoir davantage et de tenter à la suite de mon père de réhabiliter Edmond.

# 7

Mon tempérament, sans être lymphatique, est des plus secondaires. Pourtant, il m'a fallu moins d'un jour après ma conversation téléphonique avec Thomas pour réagir au diplôme d'honneur tiré de l'enveloppe Agfa-Gevaert. Ce document éveille en moi un faisceau d'émotions. C'est qu'il m'offre une formidable *synchronicité*, comme disait Carl Gustav Jung : à un siècle et demi de distance, le destin d'Edmond interpelle celui de Vincent. J'en prends conscience dès le matin suivant, à l'heure ténue où le repos de la nuit a digéré les informations de la veille et les restitue en une réminiscence unique. Je me souviens brusquement du récit que Vincent m'a fait le jour où il m'a emmenée pour la première fois chez ses parents.

J'avais vingt-quatre ans et lui un an de plus. Nous nous trouvions au bord de la rivière qui, ce matin-là, au fond du jardin familial, berçait un tapis de renoncules flottantes semblables à celles qui entourent, sur le tableau de Millais, l'infortunée Ophélie. Vincent m'avait montré un noyer qu'il avait planté sur la berge lorsqu'il avait seize ans. Il m'avait ensuite raconté qu'au moment où il en achevait la plantation une voiture roulant à grande vitesse sur la route en surplomb avait basculé à l'endroit le plus dangereux de la rivière, non loin des tourbillons qu'elle dissimulait sous son air paisible. Il avait couru vers le lieu du sinistre et plongé vers les passagers prisonniers de l'habitacle. Par le pare-brise éclaté, il avait réussi à en sortir un qu'il avait ramené sur la rive, avant de replonger pour en ramener un second. Par quelle force surhumaine cet adolescent avait-il tenté l'impossible là où les sauveteurs ne se seraient risqués qu'avec du matériel de plongée ? Les pompiers, arrivés sur le site, avaient échoué à ranimer les victimes allongées sur la berge. Le résultat fut deux morts et un jeune homme désespéré.

Une proposition de décoration honorifique lui était parvenue, signée par quelque haut fonctionnaire du Royaume. Il l'avait déclinée, considérant qu'il n'avait sauvé personne.

La propriété se trouvait sur une commune dont le maire passait son temps à octroyer des permis de bâtir en zone inondable et à apparaître dans le journal local à côté des couples fêtant leurs noces d'or, ce qui serait le cas de mes beaux-parents vingt-cinq ans plus tard. Je me souviens d'eux ratatinés dans les fauteuils de velours rouge de la mairie, lui avec ses décorations d'ancien résistant, elle avec son chignon coquet et son rire qui ne l'était pas moins, incarnation d'un amour d'un demi-siècle. Vincent et moi n'aurions jamais cette chance mais à l'âge où, au bord de la rivière en fleurs, nous apprenions à nous connaître je l'ignorais, confite en certitude : Vincent était l'homme de ma vie, celui qui serait à la fois un époux attentionné et un père responsable. De surcroît il était d'une beauté rare, ce qui, pour une fille banale comme je croyais l'être, relevait du miracle.

Cela dit, de lui je ne savais pas encore grand-chose, sinon qu'il embrassait comme un débutant. La maladresse a son charme : à coup sûr ce bel homme n'était pas un vil séducteur. L'histoire qu'il m'avait confiée au pied du jeune noyer m'avait éblouie. Vincent était mon lot royal, un sauveur sans sauvés mais un sauveur quand même. Il m'avait montré l'arbre qu'il avait planté et un récit en avait jailli, comme si l'amour seul pouvait relier la mort à la vie, le couple noyé au noyer. Notre existence commune s'annonçait par cette métaphore si puissante que je ne parviens toujours pas à m'en défaire.

Edmond, lui, a réussi son double sauvetage mais, dans une société où le mariage était une obligation dynastique, cela ne lui a pas servi à grand-chose : aucune fiancée n'est apparue.

## 8

Il m'arrive de penser à mon père comme à un romancier contrarié. Correspondances, nécrologies, archives à démêler, ce legs envahissant, si méticuleusement classé par ses soins, a-t-il épuisé un vieux rêve, celui de faire œuvre de fiction ? S'est-il dit qu'à propos d'un destin atrophié il était permis de combler les vides, de compléter les traces, bref, d'imaginer ? Je me souviens d'un article qu'il avait fait publier dans une revue de bibliophiles, à propos d'un mineur dont il avait pisté l'histoire révélée par une archive datant des débuts de la révolution industrielle. Il s'agissait d'une supplique au propriétaire de la houillère où le jeune homme avait été victime d'un grave accident. Réduit à l'invalidité, le malheureux demandait, en des termes aussi dignes que désespérés, qu'on lui accorde une rente pour qu'il puisse se nourrir et aider ses vieux parents. En concluant son article, mon père avait écrit : « Il y a là un personnage en quête d'auteur. »

D'Edmond nous ne savons guère plus. Je n'ai pas vu son nom dans les papiers classés par mon père dans les armoires et les malles métalliques. Edmond semble un élément surnuméraire, inclassable, dès lors exilé – dans le coffre en bois délaissé –, sa brève existence réduite à un diplôme d'honneur, deux lettres vertigineusement contrastées, un portrait en uniforme et une seconde photo détenue par Thomas. Pour le reste, il a été rayé du paysage. Les Romains avaient une expression pour cela : *damnatio memoriae*, l'exclusion d'un individu par la destruction des traces. À l'époque, on martelait le nom de la personne déchue sur sa pierre tombale et on interdisait à jamais de l'évoquer. J'imagine un maçon, mandaté par la famille, occupé à marteler la tombe d'Edmond, tombe que mon père n'a jamais retrouvée : s'il l'avait située, il n'aurait pas manqué de la signaler comme il l'a fait, dans son livre, pour d'autres sépultures.

Je mesure d'autant plus la violence d'un tel traitement que j'ai la nette impression, au moment où je commence à m'intéresser à Edmond, que Vincent tente d'imposer à notre histoire, de mon vivant, une *damnatio memoriae*. Même si je me suis longtemps aveuglée sur ce point, son attitude récente me le signifie clairement. Il m'a fallu rôder autour de l'effacement d'Edmond pour trouver une expression datant de l'Antiquité qui s'applique à moi-même. Mais moi, je ne suis pas morte. Surtout, je refuse d'oublier notre amour. Les racines en sont trop profondes, trop tenaces. *Faire table rase, refaire sa vie*, ces formules si courantes n'appartiennent pas à mon lexique. Pour tout dire, je ne les comprends même pas.

Quand les vivants se dérobent, il arrive que les morts viennent à votre secours. Depuis le jour où les trois documents et la photo ont été exhumés d'un coffre mangé de pourriture, Edmond m'occupe l'esprit de manière étonnante. Exclu de l'arbre généalogique de ma famille, il ne cesse de croître en moi tel un arbuste bien décidé à vampiriser tout mon petit territoire. Quand je pense à lui, je revois le buddleia. Qu'ai-je fait ? Si j'avais été plus patiente, cet incompris aurait pu grandir, dépasser le mur emprisonnant le jardin et embellir la vue depuis toutes les maisons à la ronde.

## 9

Je décide de rendre visite à Thomas. Sa femme et lui vivent dans une maison en pierre de taille prolongée par un grand jardin au bord de la rivière Vesdre, grossie en amont par des ruisseaux et rus aux noms hérités du germain, du latin, du wallon. Le tout se jette dans la Meuse qui finit dans la mer du Nord après un périple de près d'un millier de kilomètres en France, Belgique et Hollande, avec des apports des cours d'eau luxembourgeois et allemands. Les cartes comme les archives font partie de ma géographie mentale. Quand je contemple celle du bassin de la Meuse et de ses affluents, je pense à un récit qui se gonflerait peu à peu d'apports tributaires des humeurs du ciel, tranquilles ou désordonnées.

Au cœur sombre de décembre, j'arrive chez Thomas et Marie, réfugiés à l'étage six mois après les inondations de juillet 2021. Le rez-de-chaussée sèche à grand-peine, le chauffage vrombit en permanence, des radiateurs électriques soufflent ici et là leur haleine dérisoire. La vallée a été victime de crues dès l'ère industrielle qui a érigé sur ses berges les murs verticaux des filatures et des forges. Mais on n'a jamais vu, de mémoire d'humains, tant de destructions ni tant de morts dans une région où, jusque-là, on se contentait de prévoir des pompes dans les caves et des blocs pour surélever les meubles. Alors que je commence à m'intéresser à Edmond, c'est toujours un *paysage de guerre*, comme l'ont écrit les journalistes. Les 13 et 14 juillet 2021, l'eau a monté plus vite que surgissent des bombardiers du fond de l'horizon. Aucune sirène n'a averti les habitants, les usines étant délaissées depuis des décennies. La terrible mélancolie qui émane de ces lieux répond à la mienne au moment où l'amour que je rêvais durable devient une demeure fantôme.

La maison de mes beaux-parents se trouve à quelques kilomètres. Le même torrent boueux, sali de débris et de fuel, doit l'avoir envahie. C'est là que Vincent a plongé pour son sauvetage manqué, là où nous avons pataugé avec nos deux filles avant qu'elles apprennent à nager : en été on pouvait traverser la Vesdre à pied, de l'eau à hauteur des genoux. Comment a-t-elle pu déborder à ce point ? Vincent et moi appartenons à la génération qui a basculé sans sommation dans les maux annoncés par saint Jean en son Apocalypse.

Mais qui lit encore la Bible ? Je me le demande à mon arrivée chez Thomas à cause de l'odeur d'église désaffectée qui se dégage des pièces humides d'en bas.

Il me reçoit dans un petit salon à l'étage. Les murs y foisonnent de portraits d'ancêtres encadrés par ses soins et que je n'identifie guère. Je les dévisage subrepticement autour du plateau du goûter.

« La mort d'Edmond à trente ans, loin de chez lui, est peut-être révélatrice », dit Thomas, occupé à trancher d'un coup délicat de fourchette la pointe de son morceau de tarte aux pommes. « Révélatrice de quoi ? » Il hausse les épaules d'un air impénétrable.

Ces précautions liminaires ne me surprennent pas. Après tout il est le gardien des dernières archives d'une famille soupçonneuse dès qu'il s'agit de lever certains lièvres. Curieuse expression, *lever un lièvre*. L'animal est connu pour rester parfaitement invisible à moins qu'on ne tombe littéralement dessus. Thomas a été chasseur du temps de ses jambes alertes. Je suis, sur ce plan, soulagée de ne pas l'avoir fréquenté plus tôt. Je hais la chasse et ses trophées, massacres de chevreuils et de cerfs, bécasses et tétras naturalisés après avoir été tirés jusqu'à l'extinction. Mon père, lui, n'a jamais chassé, quoique né dans une famille où chaque garçon recevait une arme pour ses dix-huit ans. Il a néanmoins sacrifié à la tradition en offrant à chacun de ses deux fils un fusil qu'il a fait graver d'un élégant motif cynégétique ; mes frères n'en firent jamais usage. Pour les filles, un collier de perles récompensait notre passage à l'âge d'être épousables : « Quand tu seras mariée tu seras enfin heureuse », m'avait dit ma mère en me l'offrant. Cela l'aurait arrangée que sa garçonne d'aînée soit heureuse, et même « parfaitement heureuse », comme elle l'affirmait à son propre sujet. Je n'ai jamais porté ce collier. Les perles, amaigries, dépérissent dans leur coffret de velours. M'en vient un vague sentiment de culpabilité, une tristesse plutôt : ne dit-on pas que les perles meurent si on ne les porte pas ?

## 10

Il y a là une histoire à débusquer. Je parle de notre lièvre, Edmond. Car c'est bien à un animal obligé de se cacher qu'il me fait penser maintenant. Qu'a-t-il fait qui ait blessé sa mère au point de le bannir ? Il n'est pas question d'effroi ou d'horreur, mais de *chagrin*, mot qui semble trop faible pour désigner un crime. Il doit s'agir plutôt d'une faute que l'hommage public de la Ville de Liège n'a pu faire pardonner. Si mon père n'avait pas interrogé le silence familial, il n'y aurait ni mystère ni récit, juste un diplôme officiel à joindre aux autres preuves d'honorabilité des hommes de la famille : décorations pour faits d'armes ou de résistance, titres accordés par la patrie reconnaissante, éloges funèbres hyperboliques.

L'Histoire est pleine de morts obscurs : s'ils n'ont pas de descendance, les voilà privés de récits. Mon père a-t-il pensé à Edmond comme à un *personnage en quête d'auteur*, à l'instar de l'infortuné ouvrier auquel il avait consacré un article ? Il a dû manquer de temps, occupé à brasser l'immense et respectable matière familiale. De son vivant, le Web étant dans les limbes, il se contentait d'écrire poliment aux cousins, aux historiens, aux archivistes, avant de se déplacer à leur rencontre. Les lacunes des sites consacrés à la généalogie l'auraient de toute façon déçu : sur Geneanet j'ai retrouvé les parents d'Edmond, ses deux frères, sa sœur, mais lui, l'aîné, n'y figure pas. Aussi, quelques jours avant de rendre visite à Thomas, je lui ai envoyé un courriel lui demandant où l'on pourrait retrouver l'acte de décès d'Edmond.

À ma surprise, Thomas s'est révélé un champion des recherches sur la Toile. Endéans la semaine, il m'a fourni deux captures d'écran : l'acte de décès établi par la mairie d'Orléans et déposé aux Archives du Loiret et un second acte établi à Liège quelques jours plus tard et conservé aux Archives de l'État belge.

Le premier indique une mort le 15 juin 1865 à cinq heures du matin « en l'Hôtel d'Orléans rue Bannier n° 18 », laquelle a été rapportée à dix heures à la mairie d'Orléans par « les sieurs Victor Auguste Fillion, propriétaire de l'hôtel, âgé de cinquante et un an, et Pietro Gallici, artiste modeleur âgé de trente ans, tous deux amis du défunt ». Suit l'identité du mort, « ingénieur, non marié », le nom de ses parents, le lieu de sa naissance et de son domicile à « Liège, Belgique », et la formule d'usage : « De laquelle déclaration, et après nous être assuré du décès, nous avons dressé le présent acte, que les comparants ont signé avec nous, lecture faite. »

Les éléments neufs dénichés par Thomas sont cette mention signalant l'Hôtel d'Orléans et les deux témoins de cette mort. Que le propriétaire de l'hôtel, ledit Fillion, soit présent semble logique. Mais qui est ce Pietro Gallici désigné, lui aussi, comme *ami* ?

Tout en faisant un sort à la tarte aux pommes, nous nous efforçons, Thomas et moi, de trouver des raisons au fait qu'un jeune homme s'éteigne loin des siens dans une chambre d'hôtel. Un voyage d'affaires ? Il n'y a pas de mines, pas de métallurgie, à Orléans. Un suicide ? Peu probable, dans la mesure où le fonctionnaire municipal qui a rédigé l'acte signale qu'il s'est *assuré du décès* sans lancer d'enquête ni mentionner de médecin. Une maladie ? Une soirée entre amis qui a mal tourné ? La présence d'un artiste au chevet d'un fils de famille nous intrigue.

Thomas médite. Soudain, il relève la tête. « J'ai retrouvé la deuxième photo… »

À côté de la théière est posé un carton à dessin dont il dénoue les rubans. Il en tire d'abord une photo représentant un groupe de gens déguisés que je scrute, déçue, avec quelque impatience. On y voit, dans une salle ornée de guirlandes, des marquis et des évêques, des princesses et des bergères, des Indiens et des cheiks arabes, des mousmées et des pêcheurs napolitains, mais Edmond ne fait pas partie de cette joyeuse compagnie.

Thomas extrait alors du carton, précautionneusement, avec je ne sais quelle ultime résistance – à moins qu'il ne s'agisse de ménager ses effets –, un portrait photographique ovale disposé dans un élégant passe-partout d'époque, au pourtour ouvragé.

J'en reste sans voix. Edmond y est infiniment plus séduisant que sur la photo de l'enveloppe orange où il apparaissait en uniforme d'étudiant de la Bergakademie. Il rayonne d'une grâce stupéfiante tempérée par un regard légèrement fuyant, comme si la conscience de sa beauté l'intimidait face au photographe. Lequel a dû être payé par un autre que lui, à en juger par la dédicace manuscrite en bas du passe-partout : « *Gratiniano Obando a su querido amigo concolega E.H., como recuerdo de amistad, Freiberg 2.XII.1856.* » Dès lors, à qui s'adresse ce regard indéchiffrable sinon au commanditaire de la photo qui l'offre à son « cher ami et condisciple comme souvenir d'amitié » ? Et qui est ce Gratiniano Obando ?

Edmond, ici, est glabre, la lèvre supérieure à peine ombrée. Son attitude est détendue, presque nonchalante. Assis sur un socle bas, jambes écartées, les avant-bras sur les cuisses, il est vêtu d'un costume coupé dans une matière sombre et légèrement brillante. La veste, proche du corps, est allégée par un grand col à rabats et des manches froncées aux poignets. Son élégance mélancolique me fait penser à Gaspard Ulliel, comédien et égérie de la maison Dior, mort prématurément lui aussi. Même grâce dépourvue d'arrogance, même regard rêveur. Edmond est coiffé d'un couvre-chef comparable à celui de la photo en uniforme du dossier Agfa-Gevaert. En dépasse, négligemment, un carré d'étoffe blanche. À ses pieds, une gourde de fer. Sur la poitrine, une sorte de boîte au centre de laquelle se détache un point lumineux. La main gauche tient un objet ovoïde, la main droite la tige qui y plonge.

« Un costume de mineur », signale Thomas. Il en commente, à l'appui, les détails les plus significatifs : la gourde pour le café coupé d'eau, la boîte-collier où placer la bougie pour s'éclairer dans la mine. Le couvre-chef, par contre, n'est pas la *barrette* – le casque de cuir des gueules noires –, mais le shako de la première photo, ici porté crânement de travers. Quant au tissu blanc, c'est, laissé flottant, le *béguin* qu'ils roulaient serré sous leur casque pour éponger la transpiration et qui, sali de poussière, se confondait avec leur front. « Mineur de luxe, dis-je. Et ce bulbe, dans sa main ? On dirait une tabatière et un tuyau de pipe. » Perplexes, nous convenons que j'explorerai les modèles anciens de tabatières sur les sites de brocante en ligne et que Thomas recherchera ce Gratiniano Obando.

Il y a, dans le même carton, quatre autres photographies légendées de prénoms. Adrienne, la mère, a le visage marqué par les soucis mais se contraint à sourire. Elle est sanglée dans un corsage noir orné d'un plastron de dentelle qui souligne son opulente poitrine. Ses cheveux sont ramenés en rouleaux symétriques, la raie médiane dissimulée par un petit bouquet de fleurs artificielles. Alphonse, le père, est photographié en pied, le torse bombé et un air de notable dont je détaille le regard sûr de lui. Henri, le deuxième fils, arbore moustache et barbichette et une allure solide : il se mariera, aura des enfants ; c'est la lignée de Thomas. Antoine, le troisième, embonpoint et calvitie précoce, ne peut, pas plus que les autres, prétendre au statut de *personnage*. Céline, la sœur, est absente.

Ces quatre portraits de la bourgeoisie ordinaire jurent avec celui du jeune homme assis nonchalamment dans son costume étrange. Edmond comme un ovni. Un bel obscur.

# 11

Outre Gratiniano Obando, collègue d'études et ami d'Edmond à Freiberg, j'ai prié Thomas de retrouver le témoin de ses derniers instants dans un hôtel d'Orléans, à savoir l'*artiste modeleur* Pietro Gallici. De mon côté, je cherche et trouve une école de graphologie qui me semble sérieuse. J'appelle. Une voix de femme âgée me fixe rendez-vous pour le lundi suivant à dix-sept heures. Elle précise qu'elle ne comptera pas son temps et que ce sera cent euros.

Pour m'y préparer je commande sur Amazon *Les Secrets de votre écriture* par deux diplômées de la Société française de graphologie, une édition de 1993, date proche de celle où mon père et Thomas ont échangé leurs impressions à propos du mystère Edmond. Le livre reçu, je parcours les têtes de chapitre et m'attarde sur le paragraphe consacré aux liaisons entre les lettres. Les liaisons arrondies indiquent la douceur, les anguleuses la combativité, les fuyantes l'habileté. Dans la lettre au père comme dans le brouillon raturé, le tracé me semble plus anguleux que rond. Mais l'écriture, précisent les autrices, est susceptible de varier en fonction de l'état du scripteur. Ainsi, les liaisons peuvent se présenter en *arc et guirlande*, *angle et guirlande*, *arc et angle*, *arc et fil*, *angle et fil*, *fil et guirlande* et à chacune de ces variations correspondrait *un état d'âme passager*. S'agissant des deux lettres aux graphies si dissemblables, je compte bien attirer l'attention de la graphologue sur ce point.

Quelques jours plus tard, je trébuche dans un quartier improbable, non loin de l'axe routier qui le défigure et que j'ai eu quelque mal à traverser. Il pleut, il n'arrête pas de pleuvoir, les pavés sont disjoints et gras. La rue est en pente, l'adresse celle d'un immeuble des années soixante, le genre de raté urbanistique qui a pris la place des maisons de briques dont subsistent, en face, quelques rescapées centenaires. L'intérieur est à l'unisson : défraîchi, couleur moutarde, la porte de l'ascenseur griffée par des clés ou des lames. Au troisième étage, au fond d'un couloir à la minuterie défaillante, une porte s'entrouvre et me voilà introduite. Succédant au vestibule étroit où rôde un fumet de soupe, un vaste et terne séjour. En dehors de quelques dessins d'enfants punaisés sur un mur, je ne parviens pas à isoler un seul élément dont je pourrais me souvenir en dépit des nombreux bibelots échoués sur deux commodes disparates. Est-ce là l'école de graphologie ? Je subodore que l'octogénaire, vêtue d'un gilet de tricot, qui m'a sobrement accueillie en est la seule représentante.

Elle me prie de m'asseoir là où la table est le moins encombrée. Je lui explique le motif de ma visite et lui tends la lettre au père. Elle s'empare d'une loupe cerclée d'un diadème lumineux et avance, après examen attentif, que la régularité des lignes, la disposition des marges ainsi que le dessin des majuscules et des jambages indiquent un homme intelligent qui a le souci d'être aimé. Je signale qu'Edmond avait vingt et un ans au moment de sa rédaction et qu'il était étudiant dans une académie allemande qui formait des ingénieurs de haut niveau. La graphologue insiste : « Il est très intelligent, mais timide », en continuant à promener sa loupe sur la page. Lorsqu'elle relève la tête, je fais glisser devant elle le brouillon, sans rien lui signaler d'autre que ceci : il se trouvait dans le même dossier que la lettre au père. Et je répète ma question, celle de mon père à Thomas : « S'agit-il du même scripteur ? Le même que celui de la lettre ? »

Elle déchiffre le texte à voix haute, hésitante. Elle avance qu'il y a là tous les signes de la hâte et de l'émotion, autant que d'un tempérament vif (la vigueur des ratures), signale qu'il n'y a ni marges ni majuscules en début de phrase, contrairement à la lettre au père, et que le statut du document est des plus incertains. Elle revient vers la première lettre avec une lenteur exaspérante, puis vers la seconde, et signale tout à trac qu'il pourrait s'agir du brouillon d'une rédaction scolaire ou du début d'une histoire inventée par un adolescent anxieux. « Quelqu'un de la famille aurait pu glisser ce papier dans le dossier relatif à ce jeune homme, cela arrive aux documents orphelins. »

J'ai l'impression qu'elle bat la campagne. À moins qu'elle ne retarde le moment de dire ce que son honnêteté et son expérience lui dictent. Ce qu'elle finit par faire, prudemment : « Rien ne permet de dire que ces deux lettres sont de la même main. » Je reviens à la charge avec une fébrilité croissante : « L'écriture ne change-t-elle pas selon les moments et l'humeur ? » Silence.

Je lui produis alors la page de mon propre carnet où je viens de noter au vol ses propos, d'une écriture erratique. Dessous, j'écris posément : « Il pleut à verse et nous sommes chez vous bien au chaud. » Elle admet que la graphie est limpide, s'agissant de cette phrase météorologique, et s'abstient de tout autre commentaire quant à mes pattes de mouche. Elle joue son sphinx et cela ne me plaît guère. J'insiste : « La première lettre est celle d'un jeune homme studieux qui remercie son père de l'argent envoyé et se réjouit à l'idée de retrouver son cheval à son retour d'Allemagne. La seconde semble écrite à l'article de la mort. » « Qu'est-ce qui vous le prouve ? » Je lâche le morceau : l'Hôtel d'Orléans, les deux amis témoins, la constatation du décès conservée aux Archives du Loiret depuis 1865. « La page n'est ni datée ni signée, le style est ampoulé : comment pouvez-vous être sûre qu'elle a été écrite à l'article de la mort, et par le même que *l'autre* ? »

Le conflit semble faire rage entre sa conscience professionnelle et ce qu'elle capte de mon désir de fusionner les deux scripteurs. Elle revient à la lettre de Freiberg.

J'en profite pour reprendre le brouillon et, en en scrutant le verso, je devine soudain quelques mots crayonnés, presque invisibles à l'œil nu, qui m'avaient échappé. Je prie la graphologue de me prêter sa loupe lumineuse et je déchiffre ceci : « écrit par Edmond – pour la tombe d'Edmond ».

Partagée entre l'émotion, le triomphe et l'agacement, me disant que je fais le travail à sa place, je l'indique à la graphologue : « Ce n'est pas une fiction, dis-je. C'est un testament ! » Elle se tait prudemment, scrutant le « écrit par Edmond – pour la tombe d'Edmond » à ma suite. J'insiste : « Est-ce que des émotions violentes ne peuvent changer l'écriture ? » Elle ne lève pas le nez, ses cernes se creusent. « Oui, sans doute, mais, à ce point… » Nouveau silence. Puis elle ajoute, visiblement désorientée : « À moins d'une addiction…

Absinthe ? Morphine ? Opium ? L'abus de substances change l'écriture… »

La voilà qui reprend la tangente avec son *addiction*, me dis-je. Poursuivre reviendrait à l'attirer hors de sa spécialité pour imaginer ensemble ce qui aurait pu se passer, or j'imagine déjà suffisamment, j'imagine dans le vide. Puisque sa déontologie ne lui permet pas de trancher, je décide de mettre un terme à mes questions qui, je le sens bien, commencent à frôler la maltraitance et je débourse cent euros pour un aveu d'incertitude.

## 12

Ce mois de janvier est sombre, pluvieux, des averses s'abattent avec violence sur les vallées sinistrées où, il y a six mois, l'eau a emporté son lot d'humains et de bêtes. Une vieille femme refusait de suivre les sauveteurs, ils l'ont suppliée de se mettre à l'abri à l'étage, elle a répondu que les inondations, elle connaissait, c'était sa maison d'enfance, sa rivière familière, elle voulait rester là, avec son chat. On l'a retrouvée noyée dans son fauteuil. Le journal local n'a pas dit si elle avait lesté ses poches de pierres, comme Virginia Woolf, ou si le fauteuil flottait avec elle au plafond. Du chat, on ne sait rien non plus, les détails manquent, aucun quotidien national n'a cru bon de reprendre cette histoire extraordinaire pour en faire sa une.

« Que deviendra mon chat ? » fut la dernière question posée à Vincent par ma belle-mère à l'agonie. À l'époque Nikolaï n'était pas dans notre vie, à l'époque je ne pâtissais pas encore de mon assignation à l'invisibilité. Lorsque ma belle-mère est morte, j'étais toujours l'épouse en titre et la complice du secret de Vincent, celle à qui il confiait les joies ou les tracas de ses amours successives. Je ne me souviens pas précisément de tous ceux qui sont passés chez nous. J'ai oublié le nom de l'Égyptien qui n'avait jamais vu la neige, celui du Néerlandais accro au cannabis, celui du séminariste colombien dont j'ai corrigé la thèse. Je me souviens de Markus qui venait de Cologne, de Jérôme le pianiste, de João l'infirmier de nuit et, évidemment, de Brian.

Le chat de ma belle-mère, nous l'avons adopté. Il est toujours avec moi, noir des moustaches à la queue tel un chat de sorcière. Tantôt il disparaît toute la nuit, tantôt il dort enroulé autour de mon cou, ronronnant comme une petite dynamo heureuse. Je converse avec ma belle-mère à travers lui qui a partagé son lit de veuve. Moi qui me sens devenue veuve avant même que Vincent soit mort, j'aime comme elle ce félin impérieux dont les griffes me pétrissent.

L'animal qui survit à son propriétaire en prolonge le souvenir auprès du proche qui l'adopte. Schlemyl n'est plus là pour me parler de son maître mais je commence à me sentir à ce point obsédée par Edmond que le souvenir télévisuel le plus fort que je conserve des inondations de juillet est celui d'un grand cheval emporté par la rivière en furie. Sa lutte désespérée, la manière dont, maintenant sa tête hors de l'eau, il se débattait sans parvenir à s'extraire des flots, la rapidité de sa sortie de l'image m'ont bouleversée. On a vu des vaches se fracasser sur des ponts, un veau rescapé par miracle broutant une pelouse municipale, des moutons filer dans la rivière comme des ballots de laine, on a trouvé une chèvre dans un arbre, grise parmi le gris, repérée à l'odeur, et un homme, son cadavre emprisonné dans des branches où étaient pris des morceaux de plastique, un vélo, un matelas.

Tous les jours je caresse le chat de ma belle-mère, par lui je converse avec elle dont la mort a précédé ma propre entrée en solitude. De là l'idée qui me vient de faire appel à un intermédiaire pour interroger Edmond, le secret de son bannissement et celui de sa mort. J'ai acheté un carnet Moleskine sur lequel je liste au fur et à mesure les tâches à entreprendre. À la suite de « Graphologue ? » et de « Qui sont Gratiniano Obando et Pietro Gallici ? » je note : « Trouver un bon médium ».

## 13

Nous sommes le 15 juin, la canicule est installée depuis plus de trois semaines, dans trois mois nous retrouverons peut-être un brin de fraîcheur et des unes de journaux sans mégafeux. Edmond est mort le 15 juin 1865 à cinq heures du matin. Quel temps faisait-il ce matin-là ? Le jour pointait à peine ; c'est la seule chose qui demeure inchangée : les heures du lever et du coucher du soleil au fil des saisons, la course d'une planète qui tournera même dans son agonie, puis, toujours tournant, se rafraîchira par notre absence même.

Aujourd'hui, plus ou moins un siècle et demi – extrapolation raisonnable – avant l'effondrement de notre civilisation en surchauffe, je cherche et trouve sur Internet plusieurs modèles de tabatières ovoïdes, en bois, métal ou cuir, proches en apparence de l'objet de la photo, tandis qu'en ce qui concerne Pietro Gallici Thomas, le même jour, me devance : « Pietro Gallici, m'écrit-il, né le 16 septembre 1834 à Lugo, en Adrienne-Romagne, mort le 12 janvier 1897 à Beauvais, dans l'Oise, a quitté l'Italie à l'âge de 17 ans pour travailler comme chauffeur en Allemagne. Marié le 2 mars 1867 avec Catherine Dabain, artiste dramatique en milieu forain, il est renseigné dans les années 1870 à Orléans comme artiste modeleur et directeur de théâtre. Leur fils, Alexandre Lauramus, prendra sa relève à Paris et Bruxelles. »

Que faisait ce Pietro Gallici au chevet d'Edmond mourant ? S'étaient-ils connus en Allemagne, le jeune bourgeois de Liège et le chauffeur italien ? En quoi la profession d'*artiste modeleur*, que l'on imagine plutôt liée aux ateliers de sculpture, concerne-t-elle la sphère foraine ? Cette question, Thomas se la pose sans doute, mais c'est moi qui le devance par une intuition subite : autant que la terre glaise la cire se modèle. En témoignent les figures du musée Grévin, que j'associe, à l'heure de ma rêverie foraine, à d'autres bien plus étranges. Et me voilà révolutionnant ma bibliothèque au rayon des ouvrages d'art que j'entasse depuis des décennies. À genoux dans ce fatras où se côtoient Rembrandt, Klimt et

*L'Art magique* de Breton, je finis par mettre la main sur un opuscule de format carré, à la couverture jaunie par le temps : le catalogue de l'exposition du *Grand Musée anatomique du docteur P. Spitzner* qui s'est tenue au musée d'Ixelles du 28 juin au 16 septembre 1979.

De cette exposition qui m'avait fascinée lorsque j'étais étudiante j'ai conservé le souvenir de figures de cire épouvantables et merveilleuses, d'une troublante précision anatomique. En feuilletant le catalogue, je revois celles qui m'avaient le plus impressionnée. La « Vénus au repos, modelée d'après nature, chef-d'œuvre de l'art et de la technique ayant obtenu deux médailles à l'Exposition de Vienne », dont la poitrine somptueuse, sous la robe légère, se soulève grâce à un mécanisme figurant un souffle paisible. Plus troublante encore, la « Vénus anatomique », aux entrailles visibles, le foie, le cœur, les poumons, les viscères, et, par-dessus, le crâne au sourire sardonique et aux yeux de verre cerclés d'un trait de peinture noire. À sa droite est posée une ravissante tête aux yeux clos, celle de la même Vénus endormie dans la mort ; à sa gauche, ses buste, seins et ventre au rendu délicat, sculptés en couvercle à déposer sur le corps pour dissimuler les organes. Démonstration d'une hybridité folle, magnifique, que complètent, de page en page, d'autres figures plus ou moins monstrueuses. Avant d'échouer dans un hangar dans les années cinquante puis d'être redécouverte, cette collection a été montrée dans des écoles de médecine et des foires, polyvalence qu'explique la personnalité du docteur Spitzner, homme d'affaires autant que prétendument médecin.

En continuant à fouiner sur Internet, j'apprends qu'à la fin du siècle, à Neuilly, un certain « Alexandre Lauramus, prestidigitateur, expose, dans un salon réservé où les hommes seuls sont admis, des surprises »... J'essaie de me représenter les figures de cire que ce fils de Pietro Gallici et de Catherine Dabain exposait, contre rémunération, dans un salon réservé aux hommes. Sans aucun doute la « Vénus anatomique », parmi d'autres curiosités propres à fasciner les voyeurs.

Je n'ai aucun mal à imaginer l'état d'esprit des épouses abandonnées au seuil du salon réservé.

## 14

Novembre, déjà. J'ai repéré quelques médiums. Ils se nomment Jules Lambert, Marcelle Béroux, Fanny Voyance ou Marabout Djogbé, *amourologue*, spécialité tentante même si le retour de l'être aimé n'est plus ma priorité, au contraire j'en viens parfois à souhaiter une *damnatio memoriae* prophylactique, ma situation s'en trouverait peut-être simplifiée. Cela dit, même curieuse d'exotisme, j'hésite à m'engager dans une consultation individuelle. C'est alors qu'Éline, une amie qui exerce la profession de coach en entreprise, me parle d'une médium qui lui a permis, à partir d'une photo de sa mère, de recevoir d'elle un réconfortant message d'outre-tombe au cours d'une séance collective. À l'entendre, cette médium-là est aussi expérimentée que bienveillante, « sans aucun doute votre rencontre te fera-t-elle faire un pas de géant ». J'en conclus qu'il s'agira d'un rendez-vous sérieux sur le territoire des Esprits, la porte ouverte, par-delà un siècle et demi d'absence, à un signe venu d'Edmond.

Je me tourne donc vers la fédération spirite qui a accueilli Éline quelque trois ans plus tôt et dont le site internet révèle l'agenda – « séances ouvertes à tous au tarif de 5 euros pour les non-membres, 3 pour les membres, prière d'apporter une photo du défunt ». La salle de réunion est située dans un quartier où il m'est arrivé de me rendre pour escalader le terril voisin et embrasser du regard la vallée de la Meuse. Il pleut. Je longe les quais léchés par la montée des eaux en me disant que les sinistrés de la Vesdre doivent, en cette soirée menaçante, entendre s'agiter la rivière avec anxiété. Dans mon sac, j'ai la photo d'Edmond en uniforme de la Bergakademie. En obliquant du quai vers la rue de ma destination, je pense qu'Edmond, à la toute fin de l'hiver 1862, a plongé à deux reprises depuis un point de ce quai. La rumeur de la Meuse m'accompagne jusqu'au moment où je pousse la porte, entrouverte, de la fédération spirite.

Le vestibule, étroit, est barré par une petite table derrière laquelle un homme austère et maigre m'accueille sans s'enquérir de mon identité, se contentant de recueillir ma photo et de la placer dans une enveloppe. Désarçonnée, je signale que le mort en question, mon ancêtre, a plus d'un siècle et demi. J'ajoute, en forme d'excuse, que je suis passionnée par les archives. Puis, sur les pas des quelques personnes qui m'ont précédée, je pénètre dans une salle froidement éclairée par des néons. Nul décorum, pas de bougies ni de pénombre rituelle. Sur le mur de droite, une peinture en diptyque ternie par le passage du temps. Le premier panneau représente une jeune morte sur un lit, son époux au désespoir penché sur elle ; sur le second une vapeur blanchâtre s'élève du corps de la défunte dans un rai de lumière que l'homme fixe en extase.

Je rejoins le groupe des endeuillés assis sur les chaises alignées au pied d'une estrade. Sur cette espèce d'autel, derrière une table où l'on a posé un verre d'eau, s'installent trois médiums : une femme qui a dû être belle, aux grandes mains osseuses, et deux hommes, le maigre du vestibule et un autre, corpulent, au crâne chauve. Leur gravité distante accroît mon embarras d'être là, comme à la messe, au milieu de ces gens respectueux et tristes qui ont gardé leur manteau parce que la pièce n'est pas chauffée. Malgré mon envie de capturer mes impressions sur le vif, je renonce à sortir mon carnet : les néons indiscrets me surveillent.

En guise de préliminaires, le *modus operandi* est exposé par la femme aux mains osseuses. La photo sera extraite de son enveloppe par l'un des trois médiums et montrée à la cantonade. Les proches concernés lèveront la main pour signaler qu'il s'agit de leur défunt. Après quoi l'*entité* (le nom qu'ils donnent au mort ou à la morte) leur posera, *de l'autre côté*, par la voix des médiums, l'une ou l'autre question, à laquelle il conviendra de répondre par « Oui », « Non » ou « Je ne sais pas ».

Je ne me sens pas en deuil sinon, encore une fois, d'un vivant du nom de Vincent. Quant à Edmond, il est bien trop mort et enterré pour que j'adopte l'air désolé de la vingtaine de personnes qui attendent, emmitouflées, dans la salle. Faudra-t-il que je me plie moi aussi au questionnaire massacreur de nuances, « Oui », « Non », « Je ne sais pas » ?

Mais voici que le chauve prend la parole en s'adressant au verre d'eau posé devant lui : « Ô Dieu, qui pour le bien-être de l'homme a établi les mystères les plus merveilleux dans la substance de l'eau, écoute cette prière. Qu'utilisée dans tes mystères elle serve à rejeter les démons et à convoquer la bienveillance des Esprits. Amen ! » J'ignorais qu'il existait une médiumnité au verre d'eau. Si c'est le cas, il me semble qu'on aurait pu en choisir un en cristal plutôt que ce gobelet. Quoi qu'il en soit cette prière préliminaire me semble de bon augure pour Edmond que la Meuse a épargné. L'eau va-t-elle répondre ? Va-t-elle jaillir du verre en geyser ou clapoter comme un étang minuscule ?

La suite est loin de ce que j'avais imaginé en m'informant au préalable. J'ai préparé des questions précises, du genre de celles qui servent à interroger les images du Tarot ou les baguettes du *Yi King*. Mais, ici, nulle place pour nos questions, seuls les médiums en posent. Et ils ne s'adressent pas aux Esprits ni même au verre d'eau, mais à nous qui ne pouvons qu'opiner, réfuter ou avouer notre ignorance. Encore leurs questions ne surgissent-elles qu'après un discours émaillé de conseils et de messages parfois incongrus. « Je vois un atelier de peintre, des couleurs, des gens pleins de couleurs », dit le médium du vestibule. Le chauve renchérit : « L'entité est fière de toi, ton épanouissement est en marche. » La femme aux mains osseuses opine : « Tu as assez dégusté, il est temps de prendre soin de toi-même, de voyager, de sortir, c'est l'entité qui le dit. » Régulièrement, à travers ce tutoiement d'outre-tombe, elle revient à la charge, insinue, suggère, questionne, puis dégaine ses « Oui ? Non ? Je ne sais pas ? » autoritaires, ce qui me fait présumer qu'elle n'est pas la médium idéale à laquelle mon amie Éline avait eu affaire mais un épigone qui s'est adjoint le secours de deux complices.

Au niveau du public, je note une hésitation dans le chef des interrogés avant le « Oui » ou le « Je ne sais pas », le « Non » semblant prudemment exclu. Le « Oui » est parfois accompagné de quelques larmes témoignant du soulagement d'avoir été à ce point deviné, d'être par conséquent en communication avec le mort aimé. Le « Je ne sais pas » survient, vaguement honteux, lorsque la réalité – les circonstances du deuil, la personnalité du disparu – ne coïncide pas avec les messages transmis. La médium passe alors la photo à l'un des deux autres qui pose une question orientée autrement. Chemin faisant, des expressions reviennent : *de l'autre côté*, *l'entité*, *je vois*, *je sens*. Que sentent-ils, exactement ? Parfois le défunt s'annonce par un tremblement des mains ou un mal de tête frappant l'un des médiums, ce qui laisse la porte ouverte à toutes sortes d'hypothèses concernant la manière dont les messages de l'*entité* infusent à distance ces éponges mystiques. L'eau étant toujours au centre de la table, transparente et sans mystère dans son gobelet en verre, je visualise par antithèse la Meuse qui court non loin, noire sous le ciel noir, et je me demande où, exactement, Edmond a plongé. Avait-il ôté ses bottes, son manteau ? Nageait-il la brasse ou le crawl ? Comment a-t-il empoigné les individus en détresse ? Criaient-ils ou bien, saisis par le froid, luttaient-ils en silence ? S'agissait-il de pêcheurs imprudents ? D'un couple suicidaire ? Imaginer Edmond se jetant dans l'eau glacée me permet de résister à la nervosité qui me gagne, à quoi s'ajoute une irritation des yeux : j'ai l'impression d'avoir des œufs de caille à la place des paupières et du sable aux commissures.

Presque deux heures ont passé. Je grelotte dans mon imper. Enfin ma photo est extraite de son enveloppe et l'un des médiums, celui du vestibule, la montre à la cantonade. Je me manifeste. Découvrant Edmond en uniforme, avec sa rapière, sa moustache en crocs et sa barbichette impériale, le chauve commente : « C'est un homme rigide. » Le maigre enchaîne : « Je vois une épée et un duel » et passe la photo à la femme aux mains osseuses. Elle s'en saisit, l'observe d'un air grave et me lance : « Il vous dit qu'il a dû faire ce qu'il a fait parce qu'il ne pouvait pas faire autrement ; il s'en excuse, il vous demande pardon. » Cette demande de pardon qui m'est adressée au-delà du silence de quatre générations me fait immédiatement penser au brouillon testamentaire d'Edmond. Le chauve, à nouveau : « Tout cela découle du fait qu'il a souffert d'une éducation stricte. Comme vous-même, n'est-ce pas ? » J'hésite. « Oui ? Non ? Je ne sais pas ? » s'impatiente la femme en agitant les mains. Je dis « Oui » (ce n'est pas faux). La femme reprend : « Votre vie à vous aussi a été difficile, mais l'entité vous fait dire que vous avez été très courageuse. » Formule adaptée à toutes les situations, me dis-je en attendant la suite. Le chauve avance alors une question qui, posée en public, me déstabilise : n'ai-je pas subi un examen médical dont le résultat m'inquiète ? Je réfléchis éperdument. Je me sens en parfaite santé mais il est vrai que mon ophtalmologue a décelé, il y a quelques semaines, une sécheresse oculaire. Je dis « Oui », à tout hasard. « Très bien, reprend-il. Cet examen ne concerne-t-il pas vos yeux ? » J'opine à nouveau, à la satisfaction générale, mais je ne suis pas dupe : j'ai remarqué que tandis que l'un des médiums commentait nos photos les deux autres observaient nos visages et nos plus infimes réactions. Or je me suis frotté les paupières à quelques reprises.

« N'étiez-vous pas professeure ? » enchaîne le médium maigre, sans doute grisé par le succès de cet encerclement progressif. J'hésite à peine : « Oui. » « Professeure d'histoire », poursuit-il. Je me souviens qu'il m'a entendue mentionner mon amour des archives dans le vestibule deux heures plus tôt. Cette fois c'est « Non », dénégation que le chauve noie immédiatement sous une nouvelle suggestion : « Je vois une bonne sœur. Avez-vous eu une religieuse qui a joué un rôle important dans votre vie ? » J'ai beau fouiller le tréfonds de ma mémoire, une vieille cousine célibataire et pieuse, oui, mais une religieuse, non. Je profère un « Non » sonore, tout cela commence à bien faire.

Alors la femme aux mains osseuses, visiblement irritée, écarte la photo d'Edmond : « De toute façon il est mort depuis bien trop longtemps, il n'est plus de l'autre côté, il est déjà réincarné, donc il ne peut pas vous envoyer de message ! » Je mesure l'illogisme de la remarque alors que, dix minutes plus tôt, l'*entité* nommée Edmond m'a demandé personnellement pardon. Ainsi, mon défunt a parlé, et quelques instants plus tard il bascule dans l'aphasie pour cause de réincarnation de longue date. Pas étonnant que la surpopulation menace la planète avec tous ces revenants. Je n'ai pas l'audace d'insister en demandant en quoi ou en qui, humain, plante, étoile ou bête, Edmond se trouve réincarné, visiblement le débat est clos. Pour le trio médiumnique je suis une intruse venue les piéger avec une photo trop ancienne pour être honnête.

## 15

Je repars avec le sentiment d'avoir fait tache et buisson creux. La pluie a cessé, la Meuse roule ses reflets de plomb. Quelle sera l'étape suivante ? Mon esprit tourné pour l'heure vers les ressources de l'ésotérisme populaire, je pense spontanément à la belle famille des astrologues qui vous radiographient à partir de votre date de naissance. J'ai celle d'Edmond et la date de sa mort, à l'heure près.

En ce qui me concerne, je suis Poissons ascendant Scorpion, « comme Victor Hugo », m'avait signalé Éline qui, outre son recours à la médium disparue, consultait régulièrement une certaine Mme de Gondi, spécialiste de l'astrologie archétypale et autrice d'un livre que mon amie m'avait prêté, quelques années auparavant. L'ouvrage, d'une densité de bon augure, avait réveillé mes réminiscences jungiennes. J'avais donc pris rendez-vous en toute confiance, mon existence d'alors appelant cette escale. L'astrologue m'avait remis mon thème imprimé sur un feuillet A4 et l'enregistrement sur cassette de notre entretien, lequel était supposé m'expliquer cette sphère céleste partagée en quartiers inégaux et parcourue d'axes tendus entre des points cabalistiques – signes du zodiaque, planètes, maisons, etc. Ce que j'en avais retenu confirmait des intuitions auxquelles j'avais eu du mal, jusque-là, à accorder crédit.

Dans l'ensemble mon thème offrait un paysage explosé entre des pôles contradictoires que reliaient cependant des lignes de force. Ainsi, un axe tendu tel un filin de danseur de corde connectait mon versant érotique et mon versant maternel qui, loin de s'exclure comme je l'avais longtemps cru, s'équilibraient mutuellement. Pour le reste des traits filaient d'un côté à l'autre, reliant des signes d'eau, Cancer, Scorpion, Poissons, qui formaient un puissant triangle aquatique, les Poissons, rêveurs, ramenés à l'ambition par le Scorpion. Pluton et Saturne veillaient sur mon signe, deux planètes introspectives, la première, explosive, reliée à la sexualité et la mort, la seconde comptant avec le temps et la mélancolie. J'avais commencé à me plaire après avoir découvert ce profil. Je n'étais donc pas inconséquente comme je le craignais, j'avais simplement un patrimoine astral d'une ambivalence rare. Si je parvenais à l'harmonie, mon chemin serait riche, ample, une rivière, une constellation, la « Voie lactée ô sœur lumineuse » d'Apollinaire, lui aussi écartelé entre cosmos et plancher des vaches, modernité-klaxons-avions et splendeur mélancolique des nuits rhénanes.

Vincent est Balance – nul besoin d'en dire davantage. Son équilibre est sans faille, son pragmatisme éclatant. Il passe pour avoir toujours raison aux yeux de la famille, des amis et même de l'unique thérapeute conjugale que nous avons consultée. Au bout de trois séances, elle avait laissé entendre que mes plaintes étaient confuses et les raisons de Vincent excellentes : il « élaborait » à merveille. *Élaborait* quoi ? Je l'ignore. Bref, cette psy avait pulvérisé en une poignée de minutes la solidarité féminine sur laquelle, ingénument, je comptais. C'était en sortant de là que j'avais demandé conseil à Éline et commencé à caresser l'idée d'une visite chez l'astrologue pour apprivoiser mon destin.

C'est décidé, je vais investiguer le thème astral d'Edmond. À la liste des tâches inscrites dans mon Moleskine j'ajoute : « Consulter Mme de Gondi ».

## 16

Un cancer du pancréas a emporté Thomas en six mois. Je lui ai rendu visite brièvement, la fatigue l'accablant. Il restait digne et tranquille, refusant la chimiothérapie proposée pour le prolonger peu ou prou. Malgré son dépérissement rapide, il a pisté pour moi d'ultimes renseignements, entre autres qui était Gratiniano Obando : le fils d'un général colombien qui fut président de la Nueva Granada – l'actuelle Colombie – de 1831 à 1832 puis de 1853 à 1854. La présence de ce

Gratiniano à Freiberg est la preuve que la Bergakademie était fréquentée par une élite mondiale désireuse de sauter dans le train de la révolution industrielle. Thomas m'a aussi envoyé la liste des diplômés publiée en 1866 dans le livre commémoratif du centenaire de la Bergakademie. Cette liste aligne, année après année, les noms des étudiants, leur pays d'origine et leur profession à l'heure de la publication du volume. En ce qui concerne la promotion de 1856, celle d'Edmond, je constate que ces jeunes hommes venus de Prusse, Norvège, Russie, Pologne, Angleterre ou *Nord-Amerika* se retrouvent, dix ans après l'obtention du diplôme, professeurs d'université, directeurs de mine ou ingénieurs, principalement en Allemagne mais également en Turquie, Angola, Sibérie, au Pérou ou Japon. Seul Edmond, originaire de Liège, y est retourné sans travailler ailleurs. Son nom, précédé d'une croix mortuaire, est suivi de la précision « *Eisenwerksbesitzer* », propriétaire de forges. Quant à la mention « Obando, Gratiniano/Bogota i. Neu-Granada », elle n'est gratifiée d'aucune information professionnelle, la lointaine Colombie étant alors plongée dans le chaos des coups d'État, révolutions et guerres civiles.

Je suis si désorientée par la mort de Thomas que je n'ai pas le courage d'interroger les quelques documents glissés dans le carton à dessin que Marie me remet de sa part. Pour l'heure je ne m'attache qu'à la photo d'Edmond travesti en mineur. Il m'appartient désormais, ce portrait si intense. À moi d'en prendre soin en continuant à le sonder. En attendant, mon *chagrin*, pour reprendre l'expression familiale, est aggravé par le fait que Thomas était le dernier maillon qui me reliait à mon père. Deux hommes à l'esprit réfléchi et agile, les deux derniers ingénieurs des Mines de la famille.

Pour ne pas lâcher l'affaire, je me rends chez une encadreuse de bonne réputation et lui confie le portrait d'Edmond, la priant d'intégrer le passe-partout ancien avec la dédicace, de prévoir un fond anti-acide et un verre anti-UV. Tandis que nous choisissons les baguettes d'acajou, j'esquisse avec animation l'histoire d'Edmond afin d'insister sur le respect dû à cette photo qui porte si magnifiquement son siècle et demi d'existence. Le délai pour l'encadrement est d'un mois. Mois de deuil. Dans l'attente, je place le *souvenir pieux* de Thomas dans ma chambre, à côté de ceux de mon père, de ma mère, de ma belle-mère, de mon beau-père. Tous ont l'air énergique et joyeux. Le jour des funérailles de Thomas, le cercueil était exposé dans le salon du rez-de-chaussée aux murs enfin secs et fraîchement repeints. Les tableaux avaient retrouvé leur place et les meubles leur brillant, toute la pièce baignait dans des effluves d'encaustique mêlés au parfum des montages floraux. Par la fenêtre ouverte nous parvenait l'arôme consolant d'un tilleul en fleur. Plus loin, invisible, la rivière peinait à travers les galets. C'était l'époque des renoncules qui s'accommodent d'une eau peu profonde, mais il n'y en avait pas la moindre, la Vesdre raclait son lit, la sécheresse menaçait.

Est-ce la nostalgie de cette floraison ophélienne qui m'a conduite vers mes cahiers d'antan ? Ou le découragement qui me fait ouvrir mes tiroirs une fois par an et me dire : que pourrais-je bien liquider là-dedans ? Faire le vide, jeter tout, est une tentation qui me vient par temps de canicule, ma mélancolie estivale se doublant de l'accablement climatique.

Pourquoi ne pas agir comme si j'étais moi aussi aux portes de la mort puisque tout l'est, bêtes, plantes, insectes, glaciers ? Je me suis toujours dit qu'une fois vieille je meublerais ma solitude en m'évadant dans mes anciens cahiers, et voilà que la température d'enfer me fait ouvrir l'armoire aux souvenirs de manière anticipée. Ce faisant je pense à Thomas qui a eu si peu de temps pour revisiter ses propres souvenirs. Les dernières semaines nous ne parlions plus d'Edmond, il préférait me lire les sonnets qu'il avait composés pour Marie au temps de leurs fiançailles. Décidément les hommes de la famille ont toujours alterné sérieux professionnel et sentiments délicats.

Je crois que je puis en dire autant de Vincent. Un jour, il m'a téléphoné depuis le lieu où il travaillait, en France, à la construction d'une nouvelle usine. Il était surmené, avait vomi la nuit, à la suite de quoi il s'était rendormi et avait fait un rêve magnifique. Je le sentais soulagé et heureux de me le raconter. Voici ce rêve tel que je l'ai noté, en date du 27 novembre 1988, sous le titre « Le rêve de la maison qui vole » : *Vincent et moi sommes dans notre maison. La maison décolle comme une soucoupe volante, s'élève à hauteur d'arbres et d'immeubles et passe à travers tout sans se détruire ni abîmer quoi que ce soit.*

# 17

L'espoir d'autres trouvailles edmondesques s'étant évanoui avec la mort de Thomas, je sombre dans un désœuvrement stérile jusqu'au jour où, à la faveur de rangements entrepris pour meubler le vide, il m'apparaît que mes cahiers Clairefontaine constituent aussi un matériel d'étude. Au fil de mes diverses existences, j'ai semé des traces que je peux aborder en archiviste de moi-même, les années quatre-vingt-dix constituant le paléolithique de mon existence. J'y redécouvre une autre vie, où l'avenir était ouvert. Rien que cela justifie que je les scrute comme, dans les musées, je dévore du regard les tableaux où sont peints des paysages enneigés, des patineurs sur un lac, le foin rassemblé en meules, et, dans les usines aujourd'hui envahies de buddleias, les coulées éblouissantes de la fonte. Plus jamais, plus jamais, plus jamais. Est-ce beau ou triste ? J'ai longtemps eu l'impression, quant à ma propre vie, d'un passé agité et anxieux mais, relisant ces cahiers, je découvre tout autre chose. Des moments de découragement mais d'autres aussi de joie pure liée à la succession des saisons, au retour de la neige ou des hirondelles. De quoi me ramener au temps d'avant, quand le climat était comparable à celui qu'ont connu mes grands-parents.

Voilà longtemps que je ne tiens plus de Journal, me contentant de conserver mes agendas annuels. Observer ces pages étroites pleines à craquer suffit à m'indiquer que ma vie actuelle est à la fois survoltée et dépourvue du moindre état d'âme. Mes cahiers d'autrefois en étaient pleins, d'*états d'âme* – je prends cette expression dans son sens le plus littéral : l'état de mon âme à un moment donné, ce que je n'ai confié à personne d'autre qu'à une page de 17 × 22 cm, format des cahiers Clairefontaine, papier velouté 90 g, couverture pelliculée à bandes bleues, roses, orange, parme ou vertes. J'alternais les couleurs et notais, dans le rectangle à usage d'étiquette, la période couverte par chaque cahier, de six à neuf mois en moyenne.

« La perfection calme de ces moments, d'où vient qu'elle se fasse si discrète dans les souvenirs, ensuite, quand le temps passe ? » En ouvrant au hasard un cahier je suis tombée sur cette phrase mienne. Elle suggère en creux la nécessité de noter de tels moments pour en retenir la beauté, par essence volatile. Peu après vient le rêve de Vincent, celui de *la maison qui vole* en traversant forêts et villes sans se briser ni causer le moindre mal. La conviction que notre mariage se jouerait des obstacles en prenant de la hauteur, je la partageais alors avec lui, quoique de manière plus anxieuse. Quand il multipliait les rêves de vol, je luttais au sein de flots déchaînés, me perdais en forêt ou poussais, toute seule, notre voiture en panne. Mais dans la vie quotidienne nous étions des danseurs de corde. Tels les nouveaux circassiens, nous réinventions la machinerie conjugale : moins de prouesses, plus d'art.

Je puise dans ces cahiers un peu comme je les ai écrits : avec désinvolture, de manière décousue. Ces sondages font mouche, je redécouvre avec étonnement l'énergie qui animait la personnalité chaotique que je croyais avoir été. Çà et là surgissent des notations pittoresques et dépourvues d'amertume alors même que Vincent m'avait déjà révélé son amour des garçons. Puisant au hasard, j'ai l'impression d'entrer en botaniste dans une serre aux espèces oubliées et où je déambule à l'instinct, curieuse de ses beautés exotiques.

En comparaison, ma vie disons « actuelle » (pour qualifier la période initiée à l'arrivée de Nikolaï) me paraît devenue une serre froide, un astre mort. *L'amour comme rêve durable* s'est éteint dans mon ciel. S'il brille encore un peu c'est un phénomène purement physique, une question de distance qu'il va me falloir combler. Relire mes anciens cahiers c'est monter à bord du vaisseau spatial fabriqué à l'époque pour mon propre voyage interstellaire. Soit dit en passant, je m'aperçois que la période la plus détaillée et la plus intense, celle du cahier bleu turquoise, coïncide avec l'année où des ovnis ont déferlé sur la Belgique à raison de plus de deux mille observations par des témoins dignes de foi. Il y a eu dans ma propre existence, en phase avec ces phénomènes ufologiques, un déferlement à ma seule intention d'objets *vivants* non identifiés, autant d'ovnis personnels à propos desquels j'ai accumulé des observations sans y comprendre grand-chose. Mes petits hommes verts étaient les amants de Vincent, créatures surgies d'une autre planète et qui m'observaient, mine de rien, depuis leur capsule hors de portée. Leur irruption s'accompagnait chez moi d'états inhabituels, d'émotions inclassables et de conclusions aussi sauvages que provisoires. Je ne rejetais rien : pour tenter de comprendre, il me fallait tout vivre. Aussi menais-je une existence dont l'intensité n'avait d'égale que ma conscience de brasser sans relâche un précipité d'incertitudes.

## 18

Le patron de Vincent n'était pas un petit homme vert mais un homme de taille modeste à l'ascendant très grand. À son propos, il y aurait des choses à dire, et ce, dès sa première apparition lors d'une réception réunissant, dans un hôtel réputé, l'élite des entrepreneurs de la région.

Je me tenais au pied de l'escalier d'honneur, Vincent était je ne sais où, nouant des contacts utiles. Désœuvrée, j'observais en étrangère le défilé des patrons et assistantes de direction, m'inquiétant de l'intégration de Vincent tout en méditant la légèreté avec laquelle il m'avait purement et simplement larguée. J'en étais là de ma rumination lorsque passa devant moi un individu de taille modeste, aux yeux extraordinairement brillants, aux pommettes rosies comme s'il venait de couper du bois par temps de gel. Bel homme, il ne l'était pas selon les canons d'alors – les autres avaient un air à la Daniel Craig, menton carré, bronzage et sourire impeccables – mais de son être émanait une vivacité animale, écureuil, renard, belette. Son visage respirait l'intelligence, la sensibilité, la passion. Je notai la peau claire, les cheveux noirs tranchant avec une calvitie naissante, les mains fines, la démarche légère. La pensée m'effleura qu'il aurait été davantage à sa place comme directeur de théâtre, même si aucun autre spectacle ne m'attendait que ce défilé de figurants qui possédaient une usine ou un laboratoire. J'ignorais qu'il s'agissait du futur patron de Vincent et que leur collaboration serait fructueuse, à la mesure de la dévotion du second. Les coups de téléphone nocturnes : Max. Les appels en pleines vacances qui obligeaient Vincent à garer la voiture sous le cagnard et à nous intimer le silence, à moi et aux filles, pendant une demi-heure : Max. Les réunions de patrons dans un hôtel de la Riviera où je me morfondais à suivre le programme réservé aux épouses : Max. Les fêtes où il conviait ses plus proches collaborateurs dans sa ferme transformée en résidence *arty* : Max. Son paternalisme, la grande famille de l'usine, le dévouement de toutes et tous, son nom sur toutes les lèvres : Max, Max, Max.

Ce fut une période néanmoins agréable et à laquelle je ne restai pas étrangère. Pas un coup de fil où Max ne dise à Vincent de me saluer de sa part. J'appréciais sa voix grave, musicale, son ton expéditif mais bienveillant. Lorsque nous nous croisions une ou deux fois l'an aux banquets d'entreprise, il me plaçait à portée de regard. Peut-être l'intriguais-je par une sobriété qui contrastait avec l'euphorie générale. Il avait une ex-épouse à l'élégance classieuse et une nouvelle qui appréciait comme lui les rallyes automobiles et les loisirs mondains. À l'évidence il aime les femmes, me disais-je, constatant que toutes deux se trouvaient à la table d'honneur. Aussi courtois qu'intense, ne maltraitant ses collaborateurs que par sa puissance de travail, il veillait à demander des nouvelles de celles dont il kidnappait les maris. Bref, il tenait en laisse notre famille, une laisse qui paraissait dorée même si le salaire de Vincent n'avait rien d'extraordinaire en regard de son engagement oblatif. Faire partie de la garde rapprochée de Max le galvanisait, il en faisait toujours plus. Moi je gravitais alentour, moyennant les sacrifices couramment concédés par des épouses bien dressées par leur mère. Je m'occupais des filles, les conduisais à l'école ou au centre sportif, dépensais l'argent du ménage en courses alimentaires et supportais les absences de Vincent, lequel se rachetait par son fabuleux sens pratique et sa gentillesse envers ses enfants, les voisins, les amis. Tout en lui débordait de l'euphorie d'avoir un bon métier, un patron admiré, une famille unie et, comme je m'en apercevrais un jour, une seconde planète. Ses petits hommes verts étaient beaux, ils venaient d'un peu partout sauf de l'espace et Vincent prenait soin d'eux avec un enthousiasme comparable à celui qui illuminait sa vie normale. Je dis *normale* à dessein : qui ne voudrait d'une vie normale ? Pour autant que je fusse en mesure d'en juger en observant mon entourage, la vie normale d'un couple comprenait un travail, une famille, des amis et des escapades extraconjugales. Sauf que la nôtre, de vie, s'accommodait d'un ingrédient rarement croisé dans le magasin des recettes de la conjugalité : nous ne nous mentions jamais.

Malgré tout, j'étais parfois mélancolique. Vincent me disait : « Sois heureuse, tu as tout pour l'être. » Je croyais entendre ma mère. Comme elle, il empoignait l'aspirateur, faisait des confitures, changeait les draps si je tardais à le faire, arrosait les géraniums, taillait la haie, convoquait le plombier. Mais, contrairement à elle, il ne déplorait pas ma timidité sociale et ne me forçait à rien. Au contraire, il lui arrivait même de renoncer à me produire comme épouse, me traitant plus volontiers en camarade. Par exemple, il proposa, l'usine étant à peu de distance, d'amener ses collègues de travail chez nous certains midis pour une salade composée et un plateau de fromages, de sorte que je partageais une tablée d'hommes contents de remplacer le sandwich sur le pouce par ces agapes à l'ombre de notre arbre. Je mesurais mon avantage : un statut différent de celui des autres épouses et une manière d'éviter, par ces lunchs aussi détendus que rapides, les invitations en soirée. Je détestais les dîners. J'y observais un mutisme aimable qui passait pour de la finesse. Ce faisant je ruminais mes agacements et, à peine le dessert expédié, pressais le pied de Vincent sous la table pour qu'on mette les voiles avant que je ne sombre. Sur le coup de vingt-trois heures, mon effondrement était total : j'aurais pu éclater en sanglots ou me lever subitement pour me réfugier dans la voiture. Dépasser ce point de bascule faisait courir à Vincent le risque d'être assailli de reproches lors du retour, ma rancœur débordant comme du lait sur le feu. Il ne répliquait pas alors, silencieux et tendu, et je n'ai jamais su si ma colère le terrifiait ou lui semblait de peu d'importance, un désordre périphérique, un caprice de femme. Négocier avec moi, comme il le faisait avec ses clients et fournisseurs ou avec nos voisins en cas de conflit de proximité, n'était jamais à l'ordre du jour. Aussi finit-il par se rendre seul à ces dîners, expliquant avec naturel que je ne sortais pas volontiers. L'équilibre qu'il installait autour de mes aversions était un des signes de son irréductible pragmatisme.

## 19

Parmi les archives que Thomas m'a léguées se trouve le carnet d'Antoine, une manière de Journal où le plus jeune frère d'Edmond, entre deux tableaux de chasse, recopiait des citations empruntées ainsi que des aphorismes de sa composition. « Rien de très intéressant », m'avait dit Thomas, laissant entendre que les propos en étaient assez misogynes. L'ensemble est intitulé : *Mes Mémoires, anno 1860. Contes, anecdotes, histoires du temps, phénomènes, choses extraordinaires, morale, maximes, proverbes, et caetera et caetera*. Se dérobant au moindre aveu personnel, Antoine y fait preuve d'une lucidité précoce – il n'a que dix-huit ans – en dénonçant, à coups de proverbes le plus souvent inventés, l'embarras de trouver une épouse. « À la campagne on se marie pour faire faire la soupe à sa femme, à la ville pour augmenter sa fortune et se faire une position dans le monde. Où donc trouverai-je le véritable amour ? » Difficile d'exprimer plus nettement le dégoût du mariage de raison. J'ai connu ce genre d'individus : leur rondeur est leur carapace. Sur l'unique portrait d'Antoine qui nous est parvenu, le crâne prématurément dégarni, les épaules larges, les mains grasses et soignées, l'élégance de bon aloi – la perle en épingle de cravate, les gants de cuir dans une main, les bésicles dans l'autre –, tout confirme le désarroi maîtrisé qui se dégage des *Mémoires*. Jusqu'à quand ce cadet de famille a-t-il poursuivi ses notations ténues ? Sur cette photo il semble proche de l'âge, cinquante-sept ans, où, victime d'un accident de chasse, il quittera la scène.

Il y a aussi, joint au carnet d'Antoine, un document que Thomas a scanné puis imprimé à mon intention, sans doute sa dernière trouvaille lorsqu'il pistait sur Internet le nom de notre ancêtre commun. Tirée des archives de la Société des sciences naturelles, il s'agit d'une liste d'oiseaux observés par Edmond sur le domaine familial et envoyée à ladite Société en novembre 1855 : « 22 bécasses (rive gauche de la Meuse), bande de canards, 30 mésanges à longue queue, 1 bécasse (rive droite), bande de vanneaux, 4 corneilles mantelées, 4 roitelets ». Aujourd'hui, la zone est urbanisée à l'extrême et désertée par ces espèces autrefois communes. Mais le mince rapport déposé à la Société des sciences naturelles témoigne qu'à la saison où ses frères, oncles et cousins se rassemblaient pour des battues au canard ou à la bécasse Edmond, à vingt et un ans, observait les oiseaux. Certes les chasseurs furent aussi les informateurs des sociétés scientifiques, ramenant leurs spécimens à la pointe du fusil, mais je préfère imaginer Edmond en observateur pacifique comme je l'ai été à son âge, pratiquant l'affût matinal aux chevreuils, renards, passereaux ou rapaces, insoucieuse de ce qui bientôt surgirait avec plus d'inéluctabilité que cette faune vagabonde : le mariage.

# 20

Dans son discours lors de notre repas de noces, mon père, fervent lecteur de la légende arthurienne, comparait Vincent à Yvain, le Chevalier au Lion. À un bouvier croisé en chemin qui lui demandait : « Qui es-tu ? », Yvain, selon mon père, aurait répondu : « Tel que tu me vois. » J'ai longtemps ajouté foi à cette version qui honorait la franchise qui m'avait moi aussi séduite en Vincent. Mais lorsque j'ai relu le cycle du Chevalier au Lion j'ai constaté que mon père avait inversé les rôles. Dans le texte original Yvain rencontre un bouvier qui se trouve être d'une taille et d'une laideur *stupéfiantes*, d'où sa question : « Quel genre d'homme es-tu ? » « Je suis tel que tu me vois et seul maître de mes bêtes », répond l'autre. Le bouvier indique ensuite à Yvain le chemin vers une fontaine magique dont l'eau une fois répandue déchaîne tempêtes ou miracles. Pour affronter ces dangers, il usera d'un anneau qui le rendra invisible, cadeau de la servante Lunette, une femme de l'ombre, une petite lune.

J'ai été celle qui a mis au doigt de Vincent l'anneau d'invisibilité. M'a-t-il épousée pour cela ? Je l'ignore. Ce que je sais c'est que, sept ans plus tard (7, chiffre parfait, les sept merveilles du monde, les sept couleurs de l'arc-en-ciel, les sept épées d'Apollinaire, les sept péchés capitaux), Brian faisait irruption dans notre vie tel le bouvier dans la quête d'Yvain.

Jusque-là Vincent et moi vivions sous un ciel apparemment sans nuages. De mon côté, tout allait bien et rien n'allait. De cette période, deux souvenirs surnagent.

Notre chambre à coucher se trouvait à l'étage et donnait sur la cour où Vincent garait la voiture lorsqu'il rentrait du travail. Notre chienne, qui vagabondait entre cour et jardin, se précipitait sur lui dès son arrivée. Un soir de printemps ou d'été – il faisait encore clair –, depuis la fenêtre de la chambre où je me trouvais quand la chienne lui fit fête, je le vis se mettre à genoux, enfouir son visage dans le poil de la bête, l'embrasser, l'enlacer, se laisser lécher le visage. La scène, loin de m'émouvoir, me brisa. Pourquoi n'étais-je pas capable d'un accueil comparable ? Et pourquoi ne se montrait-il pas, envers moi, aussi tendre ? J'avais une faim de douceur, de joie, de jeu. Faire l'amour n'était pas tout, c'était le geste codé, savant, aimable, d'un chevalier qui ne baissait jamais la garde en ma présence. Nous vivions dans un roman courtois.

Le second souvenir est si vif encore qu'il me semble que c'était hier. Un soir après le coucher des filles, je suis dans la cuisine face à Vincent et je pleure en lui disant : « Regarde-moi ! » Je ne comprends pas pourquoi je le supplie de la sorte, après tout il me dit que je suis belle quand nous sortons ensemble et toutes mes amies m'envient. « Regarde-moi ! » Je le dis et le répète sans savoir ce que je dis et répète, épouvantée de le tourmenter à ce point. Enfant, lorsque j'étais triste et que je tournais autour de ma mère en balbutiant je ne sais quoi, elle me disait, entre inquiétude et agacement : « Arrête ! Tu es folle ! » Le suis-je, folle ? Ce soir-là, je l'ai pensé. Le silence de Vincent, ses yeux baissés ne me signifiaient rien d'autre. Le chevalier tel-que-tu-me-vois devenait une énigme vivante, et cette énigme un cruel tourment.

## 21

À la réflexion, même si j'ai tardé à m'en apercevoir, cet évitement n'était pas neuf. Relisant mes cahiers, je découvre un chapelet de signes avant-coureurs.

Quelques semaines avant le banquet de mariage où mon père prononcerait son discours, j'étais allée rejoindre Vincent à deux reprises dans la Ruhr où il suivait un cursus en droit des entreprises à l'université de Bochum. Il m'y avait présentée à ses nouvelles connaissances, un bel Allemand aux cheveux longs et une étudiante blonde dont j'ai oublié le prénom parce que Vincent n'avait que celui du premier à la bouche. Dieter était artiste. Dieter lui avait offert son autoportrait au crayon. Dieter vivait en colocation avec la blonde mais je n'avais pas l'impression qu'il s'agissait d'un vrai couple. Et, pour tout dire, il me semblait que Vincent et moi, si fraîchement épris l'un de l'autre, suivions un peu le même modèle. Nous randonnions dans la forêt alentour, allions manger chez Dieter puis rentrions pour dormir à la cité universitaire où toute intimité était pour ainsi dire exclue. Je me souviens que ma perplexité frôlait à certains moments l'impatience. Mais comme ma mère m'avait toujours dit – autre variante de ses leçons sur le bonheur – « Toi, ça n'a pas d'importance, ce qui compte c'est que *les autres* soient heureux », cela n'avait, en effet, pas d'importance : Vincent semblait terriblement heureux et il y aurait toujours des *autres*. Aussi orientais-je éperdument mon énergie vers un avenir radieux : lorsque nous commencerions notre véritable vie commune, tout irait bien et nous inviterions chez nous Dieter et sa super amie.

Ce n'est que sept ans plus tard, lorsque Brian est apparu, que j'ai capté chez Vincent le regard de désir, d'adoration même, que j'attendais depuis l'époque prémaritale de la Ruhr. Mais ce regard-là ne m'était pas adressé, il filait vers un autre visage avec une intensité bouleversante, comme dans les films avant que les corps roulent sur un lit, bras et jambes emmêlés. J'ai compris que je n'étais pas folle le soir du « Regarde-moi ». J'avais, au contraire, tout compris. « La vérité vous rendra libre », aimait à dire ma mère, citant les Évangiles. Brian, qui ressemblait à Jésus, a rétabli la vérité.

## 22

Deux ans auparavant, j'avais eu une aventure avec un homme marié. Il était amusant, expérimenté, et la chose était, de commun accord et à mon soulagement, sans issue. De quoi me donner l'impression que ma vie devenait merveilleusement légère. J'avais pourtant fini par rompre et par tout avouer à Vincent. Je ne voulais pas de mensonges. Vincent réagit étrangement : cela pouvait arriver, ce n'était pas grave. Cette réaction, qui pulvérisait tous les clichés de la possessivité masculine, me plongea dans la confusion la plus grande. Lorsque ensuite nous fîmes l'amour, il me dit même que j'avais appris des choses avec cet homme-là. J'en demeurai abasourdie de culpabilité et de gratitude. Notre mariage comptait cinq ans et le rêve de Vincent – la maison qui volait en évitant les obstacles – commençait à se concrétiser.

Son propre aveu, décliné deux ans plus tard, me donna la clé de sa surprenante magnanimité. Je souffrais du syndrome de Marie Madeleine, honteuse de mon infidélité, prosternée aux pieds de Vincent en répandant le parfum de mes excuses et de mes bonnes résolutions. Les rôles s'inversèrent le jour où il me parla de Brian. Je devins la magnanime, du moins l'occasion m'en était proposée. J'aurais pu briser là en exigeant l'annulation du mariage pour cas de force majeure : sous le choc ce fut ma première pensée. Au même moment la mécanique du déni, ce maquillage du désastre, se mettait en place : ce Brian, c'était peut-être une passade, une expérience, moins douloureuse pour moi que s'il m'avait avoué l'existence d'une autre femme. Avec le calme apparent qui masque mes plus profonds désarrois, je lui demandai simplement pourquoi il avait tardé à me dire la vérité alors que nous avions vécu symétriquement, deux ans plus tôt, nos adultères respectifs. Il me répondit, redevenu l'homme limpide qui avait charmé mon père : « Parce que j'avais peur de te perdre. » Je le crus.

Et puis se séparer pour quoi ? Que deviendraient notre entente, nos filles, notre maison si nous faisions comme tout le monde ? Il ne voulait pas me perdre, moi non plus. À cela s'ajoutait une réflexion d'un pragmatisme que n'aurait pas désavoué ma mère : Vincent était l'élément solaire du couple, admiré par mes amies, ma famille, nos voisines et ses collègues de travail. Moi, entre le soin aux enfants et un mi-temps professionnel, je menais une existence discrète, presque grise. Je n'en étais pas naïve pour autant. Dans un milieu qui culpabilisait les femmes en cas de séparation, assurer mon indépendance financière, mes devoirs de mère et mon rebond social équivaudrait à gravir l'Everest sans guide ni équipement de base. Il me suffisait de parcourir des articles illustrant l'épuisement de l'espèce dite *maman solo* pour m'en convaincre. « Prépare-toi un breuvage réconfortant, fais-toi couler un bain chaud, prends le temps de te relaxer sans penser à rien si possible, ajoutes-y des activités de groupe, de grandes promenades en forêt et offre du temps de qualité à tes enfants », ces recettes déclinées par les magazines féminins ne servaient qu'à réinventer à notre usage le supplice de Sisyphe. À peine séparée, je connaîtrais le sort du membre délaissé du couple, bois flotté abandonné sur le rivage tandis que le navire du transfuge cingle vers une terre vierge avec nouveau conjoint et amis complices de l'aventure. Moi aussi je voulais faire partie de l'aventure. Passer mes soirées sur des applications de rencontre ou des forums dédiés aux mères célibataires, consacrer mes journées à me bagarrer avec des corps de métier misogynes, être harcelée par des hommes intéressés sans pouvoir arborer l'anneau de mariage dissuasif, non merci ! À ces méditations lucides se mêlait, je dois bien l'avouer, une excitation intense face au changement de cap de notre maison volante. Vers quel horizon nous dirigions-nous à tire-d'aile ? La curiosité n'est pas un vilain défaut, il lui arrive au contraire d'agir en antidote pour autant que l'épreuve imposée ne soit pas excessive. Celle-ci ne l'était pas vraiment : nous ne nous déchirions pas, nous mettions au contraire en place, de manière enfin réciproque, le pacte de vérité dont j'avais été l'instigatrice deux ans auparavant en avouant dans les larmes que j'avais été infidèle. Il y avait pire. La mort d'un enfant. Un cancer incurable. Un accident qui vous ampute des deux jambes.

La curiosité m'étant la manière la plus naturelle de rebondir, j'accédai à la demande de Vincent sans anticiper ce qu'elle recelait d'ingénument bizarre, propre à alimenter mon masochisme natif. Oui, je voulais bien que Brian nous rejoigne dans la villa d'amis que nous allions garder en leur absence au mois d'août. C'était non loin d'Aix-en-Provence, nous y étions déjà allés une fois avec les filles. Entre-temps, j'avais eu un aperçu de ce Brian. Cheveux noirs ondulés, barbe courte, épaules larges, corps parfait, regard velouté et rieur. Quelqu'un avait pris une photo de Vincent et lui assis côte à côte au soleil. Vincent irradiait, détendu comme j'aurais voulu qu'il le soit avec moi. Son attitude malicieuse, dépouillée de son armure, je l'observais pour la première fois. Que je ne sois pas la personne à ses côtés ne me blessait pas vraiment. S'il s'était agi d'une femme je serais morte de jalousie. Là, même si cela paraîtra étrange à certains, le rayonnement de la scène me subjuguait. Je fis imprimer la photo et la collai dans l'album familial en attendant l'été.

## 23

L'été, ce serait trois mois plus tard. Anesthésiée par la stupéfaction, je tentai, dans l'intervalle, de m'informer. Dissimulée derrière un coude d'une galerie bruxelloise où je chinais régulièrement se trouvait une librairie gay et lesbienne. Je n'avais jamais abordé ce tronçon dont les surfaces commerciales, à l'exception de cette petite librairie, restaient vides. Ce jour-là, la porte étant ouverte, j'entrai timidement. Une agréable pénombre régnait, j'étais la seule cliente. La libraire me jeta un regard furtif et replongea derrière son comptoir. J'errai, frappée de confusion. À cela s'ajoutait un élément encore plus perturbant : la libraire me faisait penser à la professeure de physique-chimie qui me fascinait au lycée. Comme elle, ou plutôt comme le souvenir que j'en avais gardé, cette libraire était un être pour qui il eût fallu inventer de nouveaux articles qui pulvérisent les genres (à l'époque je n'assimilais le mot « genre » qu'à la grammaire, *il* ou *elle*). Mes sens étaient colonisés, troublés. Je pris un livre, le payai et m'enfuis. Je ne parviens pas à me rappeler quel était ce livre. Ne subsiste que le souvenir de mon soulagement de retrouver la galerie du côté le plus clair et le plus fréquenté.

Quelques semaines après, je me rendis, seule, au Festival du film gay et lesbien où je me glissai de salle en salle comme un chimiste répétant une expérience. Vincent n'était pas avec moi. Je me revois me faufilant entre les rangées où tout le monde s'asseyait par couple. Le reste du temps je rôdais dans divers lieux du festival. Personne ne me remarquait, pas même la libraire de la galerie que j'aperçus derrière sa table de livres, éclatante pour moi seule en son androgynie idéale. Comme la première fois, son regard glissa, indifférent, sur l'ectoplasme que je semblais être.

Je ne me souviens pas des films. Ceux que j'ai vus au fil des ans ont recouvert cette première expérience en me laissant là encore peu de souvenirs. Les histoires d'amour clandestines font toutes appel aux mêmes ressorts, *Roméo et Juliette* ou *Sur la route de Madison* transposés sur la scène gay : rien de neuf. Sauf que je fermais les yeux et me bouchais les oreilles au moment des scènes de sexe : imaginer la chose m'était impossible s'agissant de Vincent. Je gardais, voulais garder – je garde toujours – l'image de nos deux corps emboîtés dans le lit, courtoisement unis, chacun servant l'autre avec égards, gentillesse, dans une réassurance mutuelle, et le souvenir de la paix qui m'en venait, sculptant mes sensations : le frémissement du rideau, un rai de soleil sur le plancher, le premier chant d'oiseau. Lorsque l'insomnie m'isolait, je saisissais sa main et il serrait la mienne, tranquillement, sans sortir de son sommeil paisible. Ces moments-là, dans leur simplicité, leur réussite si je puis dire, compensaient tous ceux où son regard évitait le mien, où il déclinait un repas au restaurant en tête à tête sous le prétexte qu'il était fatigué, où il rentrait (du bureau, disait-il) de plus en plus tard. Oui, il était fier de moi, mais il donnait au chien sa joie de revenir au bercail. J'étais devenue la femme qui attend à la fenêtre, moi qui n'avais pas attendu qu'il se déclare pour le demander en mariage, moi qui n'avais jamais rien attendu, à vrai dire, sinon *l'amour comme rêve durable.*

## 24

Edmond, sur la photo, est seul. Mais la dédicace désigne celui qui se trouve vraisemblablement aussi dans le studio du photographe et dont je fantasme l'intimité avec mon jeune ancêtre : Gratiniano Obando. Ce superbe portrait offert a été conservé avec soin par la famille comme je l'ai fait moi-même de la photo de Brian et Vincent dont le rayonnement résiste à ce que je pourrais nommer, moi aussi, mon *chagrin.*

Cahier Clairefontaine bleu turquoise. J'y inscrivais mes observations comme une botaniste néophyte découvrant la beauté d'une espèce invasive. Je cherchais à la nommer, n'y parvenais pas, rien ne ressemblait à ce que je cueillais cette année-là. La villa des vacances était entourée d'un jardin creusé d'une piscine bordée de lavandes. À l'intérieur, un vaste séjour, une cuisine à l'américaine, deux salles de bains, la chambre des parents qu'occupaient Vincent et Brian, la chambre des enfants pour les filles, la petite chambre d'amis pour moi, comme je l'avais proposé. Le lit d'appoint était étroit et hostile, un inconfort humiliant, irréel dans sa totale nouveauté.

On pourra traiter de lâche quelqu'un qui s'efface à ce point. Longtemps j'ai cru l'avoir été. Mais, au moment de mettre des mots sur cette stupéfiante soumission, j'y vois tout autre chose. Le refus instinctif de partager le lit d'un mari obsédé par notre hôte, le rejet d'une comédie où nous aurions été côte à côte alors que son corps était ailleurs. Et puis, et peut-être surtout, un repli animal, comme lorsque tout paraît tranquille mais qu'un danger inconnu se pointe en lisière. Je me tenais aux aguets, observant les repas préparés ensemble, les jeux dans la piscine, les excursions dans les calanques. Sur les images de cet été-là, tout le monde a l'air serein. L'appareil photo circulait. Les petites entre Vincent et Brian. Moi allongée sur une roche plate, les yeux clos. Brian me regardant depuis un rocher en surplomb. Vincent de dos, explorant les abords.

Pas de photo pour la scène suivante, celle qui surnage dans mes souvenirs.

Nous sommes à table, Vincent et Brian en face de moi, en maillot et pieds nus. Je sens le pied de Brian sur ma cheville. Il la frôle, la caresse, si finement que je crois à un contact fortuit, mais non, il glisse, remonte, léger, une aile d'oiseau. Sidération. Plus rien ne ressemble à rien.

Nous décidons d'une excursion au lac du Verdon. Pique-nique au bord de l'eau. Pas le moindre abri d'ombre, les filles sous le petit parasol. Les hommes s'allongent côte à côte. Soudain, je ne les supporte plus ou bien je ne supporte plus le plein soleil. « Je vais nager », dis-je. Je pénètre dans l'eau limpide et froide, je décide de faire la traversée. Impossible d'évaluer la distance, j'aperçois à peine la rive d'en face. L'idée que je pourrais me noyer – fatigue, hypothermie, crampe – ne me retient pas. Je ne pense pas non plus aux enfants qui m'attendent sur le rivage. Je nage en me répétant farouchement, brasse après brasse : « Je vais me tuer, je vais me tuer. » Me voilà trop loin pour faire demi-tour. Je suis dans ce lac comme dans ma vie : complètement perdue. L'eau m'enferme à perte de vue, si elle m'entend, « elle fera tant gronder la foudre, déchaîner les vents et tomber la pluie, que, par force et par nécessité, elle sera obligée de faire la paix », comme il est dit de la fontaine magique qu'affronte le chevalier Yvain. En moi la foudre, les vents, l'averse, « Je vais me tuer, je vais me tuer, je vais me tuer ».

Mais soudain, surgi de mon épuisement, un autre refrain prend la place : « J'écris, j'écris, j'écris. » Obéissant à cette voix miraculeuse, la tempête en moi s'éteint, une paix impérieuse prend place et, *par force et par nécessité*, je parviens à l'autre rive. Je me repose à peine. Repars dans l'autre sens. Le retour me semble plus rapide même si j'ai maintenant très froid. Je reviens sans plus de mots, tout est silence à part le clapotis de l'eau que fend ma brasse. Peu à peu je distingue le rivage que Vincent et Brian arpentent avec fébrilité. Ils s'apprêtaient à appeler les secours, « mais où étais-tu donc ? ». « Tout va bien, je voulais simplement traverser le lac », dis-je, éreintée. Les filles m'accueillent sans comprendre, me montrent leurs petites maisons de galets.

Cette terrible anxiété de l'attente – quelqu'un s'absente trop longtemps – je l'avais vécue quelques étés plus tôt, quand je ne savais encore rien.

Nous nous trouvions sur une plage espagnole, Vincent, les filles et moi. Vincent disait qu'il allait faire un tour, partait du côté des rochers, disparaissait. Je l'attendais, matraquée de soleil, ramenant sans cesse les petites sous le parasol, les occupant comme je pouvais. Il revenait. Nous rentrions pour dîner et coucher les enfants. Puis Vincent me faisait l'amour avec un enthousiasme qui me plongeait encore plus dans l'égarement. Alors que j'étais, en apparence, follement désirée, je me sentais aussi abandonnée que l'après-midi. Étais-je dépressive ? Ingrate ? Dans le village côtier où nous logions cette année-là, le linge séchait au vent sur les balcons, léger, agité, lumineux. Mais s'il pleuvait un plastique le recouvrait et les pièces d'étoffe pendaient alors tristement, privées d'air, raides d'humidité. Mon corps n'avait pas changé, jeune et ferme, rayonnant, mais il restait inerte tel du linge par temps de pluie. Le paysage m'apparaissait comme au travers d'un plastique : je le fixais, raide et transie, au travers d'un film opaque.

Comment aurais-je pu deviner que, derrière les rochers, Vincent avait scruté avec fascination, des heures durant, la plage aux hommes nus ?

# 25

Des moments étranges, j'en ai vécu d'autres, particulièrement dans les mois qui ont suivi notre nouvelle vie. Que Vincent aime les hommes me paraissait irréel, je ne le croyais qu'à moitié, espérant qu'il soit bisexuel comme l'était probablement Brian. Si c'était le cas, rien n'était perdu, je me contenterais du minimum pourvu que je sois la seule femme de sa vie. Nous établirions un agenda qui convienne aux trois, nous séparerions les lieux, plus question de mélange : l'art du compromis dans toute sa splendeur. Cependant j'aspirais à en savoir plus : Vincent et moi étions-nous les seuls à vivre ce genre de situation ? Où rencontrer des couples comme le nôtre ?

Ce n'était peut-être pas la meilleure idée du siècle mais je finis par trouver – sans doute un de ces hasards objectifs qui vous tombent dessus quand votre cerveau fonctionne à plein régime sur une unique obsession. Il s'agissait d'une journée d'animation de groupe comme en organisent les entreprises sur le modèle américain : un *coach* sépare les *teams* pour favoriser l'expression individuelle avec, en ligne de mire, une réactivation des objectifs communs – voilà du moins ce à quoi j'avais pensé pour avoir eu vent par Éline de ce genre de rencontres. Ici il s'agissait de couples homosexuels invités à une journée de questionnement et de partage (je suppose que j'avais repéré l'information sur le site de ce qui existait alors comme association LGBT). J'en parlai à Vincent, l'incitai à s'y rendre avec moi, nous participerions à ces échanges dans des groupes séparés, glanerions de quoi apprivoiser notre nouvelle existence puis confronterions nos impressions. Il accepta, peut-être pour me faire plaisir.

Une dizaine de personnes par groupe, plus d'hommes que de femmes. Chacun s'exprimait à son tour, évoquant son parcours, ses questions, ses attentes. Je réfléchissais quant à moi à la manière de me présenter, consciente de ma position d'*outsider*. Je comptais mentionner la présence de Vincent dans un autre groupe afin de légitimer mon irruption dans celui-ci et faire appel à la bienveillance générale en expliquant la difficulté de notre situation. Une coordinatrice régulait les temps de parole, sérieuse, concentrée. Sans aucun doute comprendrait-elle mon désir d'apprivoiser l'univers de Vincent et de demander humblement conseil alentour.

Humble, je le fus. Repli animal déjà mentionné. Portée par l'atmosphère de confiance et par les témoignages partagés, je me sentais prête à décliner la raison de ma présence et le désarroi qui m'affectait dans les limbes de ma nouvelle existence. Je mentionnerais que nous avions deux enfants. Que notre complicité était réelle. Que rien ne m'affecterait davantage que de renoncer sans comprendre. Que j'étais ouverte à tout, sereine en somme. Je me rappelle les moindres détails de cette anxieuse préparation intérieure. Quant au reste, rien ne surnage que le souvenir d'un moment d'une brutalité extrême et de celui, miraculeusement réparateur, qui suivit. Comme si ma vie n'était faite que de contrastes comparables au phénomène chimique de la *trempe du fer* qui, lorsqu'on le plonge, brûlant, dans l'eau froide, acquiert malléabilité et résistance.

J'en viens aux faits.

La modératrice, interrompant le témoignage que j'avais tourné avec assez de prudence pour qu'on me laisse le mener à son terme, sortit brusquement de sa neutralité. J'étais une hypocrite, une espionne, une lâche. « Divorcez ! » cria-t-elle. Personne ne réagit. Un silence sidéral. Qu'avais-je fait ? Dit ? Laissé entendre ? Je me sentais étourdie comme par un coup de gourdin. La séance fut levée. C'était l'heure de la pause. Je sortis, totalement désorientée, rasant les murs.

Dans le couloir où nous attendaient café et gâteaux secs, chacun retrouvait son chacun et chacune sa chacune. Où était Vincent ? Je ne distinguais qu'une masse confuse dont je me sentais exclue. À l'évidence, j'étais coupable. Mais de quoi, exactement ? D'être apparue comme (imaginais-je, affolée) un rémora à la remorque de mon beau poisson de mari, une harponneuse à la proue de la baleinière conjugale ?

C'est alors qu'un homme vint vers moi, délaissant son compagnon. Il était de notre groupe, il m'avait entendue. Dans une sorte de hâte, il me glissa : « Ma femme a demandé le divorce et m'a accusé de tous les maux. Depuis, je ne vois plus nos enfants. Je suis en couple mais j'ai perdu ma famille. » L'émotion fracturait sa voix. Avant de rejoindre les autres, il ajouta : « Si vous vous entendez avec votre mari, continuez ensemble le plus longtemps possible. »

Je pense souvent à cet homme. Qu'est devenue sa vie ?

# 26

En quête d'un encadrement moins brutal, je suis revenue vers les livres. À l'époque dont je parle, il n'y avait strictement aucune référence sur Internet. Quand je cherchais *femmes d'homosexuels*, on me renvoyait systématiquement à des ouvrages ou des articles traitant des *femmes homosexuelles*.

Heureusement les Américains, eux – ou plutôt elles –, avaient fait le boulot dès les années soixante-dix. *The Other Side of the Closet*, d'Amity Pierce Buxton Ph.D., initiatrice d'un très actif réseau d'entraide, m'a frappée par sa démonstration imparable de l'*effet domino de l'homophobie*. Cette Amity, docteur en éducation de l'Université Columbia à qui son mari avoua un jour son homosexualité, y expliquait que dans les couples tels que le nôtre les épouses se trouvaient aussi « *in the closet* », dans le placard. Certaines divorçaient sans attendre. D'autres, la majorité, tenaient bon par amour ou par souci familial avant de se retrouver seules à l'âge mûr. Quelques-unes s'informaient, voire fréquentaient à la marge l'univers de leur conjoint. La plupart mettaient des années à retrouver un brin de confiance en elles-mêmes. Peu refaisaient leur vie, victimes collatérales d'une homophobie qui acculait les gays au mariage ou au suicide.

Soulignant au marqueur fluo de nombreux passages, je me disais, étonnée : Ai-je vécu autant d'humiliations, de complications, de douleurs ? Une chose était certaine : dès le troisième tiers du vingtième siècle existaient aux USA des groupes de parole qui réunissaient, sans ostracisme, les hétéros comme les homos, les conjoints ou ex-conjoints et même, dans certains cas, leurs enfants. En Europe, rien de tel. La preuve : j'avais dû me résigner à rejoindre, non sans dommages, un groupe d'entraide peu disposé à me considérer comme victime secondaire de l'homophobie qui empoisonnait l'existence de ses membres et de millions d'autres gens de par le monde. Quant aux nombreux romans ou récits relatant leurs parcours, nulle trace de maison volante se jouant des obstacles, au contraire, c'était du lourd, du douloureux, du difficile. Je me surprenais parfois à envier ces destins christiques. Mon courage à moi était d'une banalité affligeante, il consistait à prendre soin des enfants, du réfrigérateur à remplir et de la vie trépidante de Vincent. Enfin et surtout il dépendait, ce très insignifiant courage, des mots jetés sur les pages d'un cahier sur la couverture duquel j'avais écrit : « À BRÛLER SI JE MEURS SUBITEMENT ».

Au cours de mes explorations livresques arriva par la poste un paquet à mon nom envoyé de Londres par Brian pour mon anniversaire. Il contenait un livre. Sur la couverture, un portrait de femme – ou d'homme, difficile de savoir. Veste de velours noir, grand chapeau assorti, yeux rêveurs, bouche charnue. Dessous, dans un cadre bordé d'un liséré rouge : *Virginia Woolf. Orlando.*

# 27

Un ferry semble toujours gigantesque. Lorsque les passagers émergent de l'escalier étroit en provenance des soutes où sont garées les voitures, ils ont un air désorienté et se tiennent un moment à l'entresol, hésitant sur la direction à prendre. Il serait tentant de se mettre à explorer les moindres recoins du mastodonte, mais le désir de s'assurer une bonne place prévaut. On se bouscule alors en se dirigeant vers le pont. Chacun se presse d'occuper un morceau de bastingage pour voir et être vu, car il y a toujours des curieux sur les quais où, lorsque les maisons s'éloignent, des fenêtres s'ouvrent, des mouchoirs s'agitent, à moins que ce ne soit un drap que l'on aère, une nappe que l'on secoue pour en débarrasser les miettes. Tout est signe au moment du départ et il me semblait que ce départ-ci était une aventure.

Il ne s'agissait pourtant que de se rendre à Londres chez Brian, sans les filles, laissées à ma belle-mère qui croyait à un séjour en amoureux. L'amoureux nous attendait dans un loft de Canari Wharf tandis que nous étions assis dans le ventre d'un ferry grondant de la sourde vibration de ses moteurs. Le livre envoyé par Brian était sur mes genoux, j'avais commencé à le lire avant que tout le monde revienne du pont, que des enfants se mettent à courir entre les sièges et les adultes à déplier leurs journaux et magazines. Je lisais *Orlando* comme on entame un voyage, avec une anticipation avide. Entre-temps, Vincent s'était assoupi dans le siège en face de moi. Son corps avait glissé légèrement, sa tête était inclinée sur l'épaule gauche, ses mains étaient posées de part et d'autre de ses cuisses entrouvertes, dans un abandon émouvant. Lorsqu'il dormait ou jouait avec notre chienne : voilà les seuls instants où je n'avais pas l'impression qu'il tentait de maîtriser un rôle.

Je lisais toujours, subjuguée par l'éclat fantasque de l'écriture woolfienne, lorsque Vincent s'est réveillé. Il s'est levé sans un mot. Est demeuré absent comme j'abordais l'épisode du Grand Gel que Virginia Woolf situe à Londres en 1608, au début du règne de Jacques Ier. Tandis que les gens du peuple gèlent sur place, les notables vêtus de fourrures se grisent de patinage mondain et de banquets servis dans les pavillons installés à même la Tamise dont la dureté de pierre résiste aux brasiers allumés. Le spectacle est en surface, mais aussi sous les pieds. Les courtisans, repus de paons farcis, confiseries et grands crus, se pressent au-dessus d'une péniche engloutie sous vingt brasses d'eau gelée. La transparence de la glace laisse voir sa cargaison de pommes et une marchande des quatre-saisons, les lèvres bleuies, « assise là dans ses châles et ses vertugadins, prête, eût-on juré, à servir un client ».

Vincent est revenu avec une eau de toilette dans un emballage argenté. « Pour Brian », a-t-il dit simplement. « Pourquoi ne me dis-tu jamais où tu vas ? Pourquoi es-tu parti si longtemps ? » J'en balbutiais de frustration, autrefois le cadeau m'eût été destiné. J'ai ajouté en guise d'excuse : « Je voulais aussi m'acheter du parfum. »

Je suis allée au duty-free shop à mon tour. Suis revenue faire sentir mes poignets à Vincent. J'avais essayé de ne pas mélanger les fragrances, de laisser assez de distance entre elles. Vincent a humé mes poignets et m'a donné sa carte bancaire. Il a dit : « Pas celui-là. Les autres, fais comme tu veux. » Je suis retournée à la boutique. Ai rapporté le Chanel *N° 5* en en signalant, confuse, le prix à Vincent. « Ne t'occupe pas du prix, a-t-il dit, je veux que tu séduises. » « Qui ? » « Tous les hommes. Et moi. »

Tous et un. Était-ce la même chose ?

Je me suis alors souvenue d'un événement en apparence anodin qui m'avait troublée quelques mois plus tôt, au centre de Bruxelles. Je remontais une rue où se trouvaient plusieurs snacks signalés par autant de néons racoleurs. Derrière les comptoirs en façade, des hommes hélaient le chaland. J'avais senti qu'on me dévisageait, accéléré le pas. Plus loin, l'un d'eux m'avait abordée : « Vous marchez vite ! Difficile de vous suivre ! » Il avait quitté l'un des comptoirs devant lesquels j'étais passée, je le reconnaissais à ses yeux rieurs et sombres qui m'avaient retenue un instant. L'homme m'avait proposé de prendre un verre quelque part. J'avais décliné en souriant : « Il est midi, je dois rentrer préparer le repas pour mon mari et mes enfants. » Je me sentais invulnérable à cause du rôti à mettre au four et des pommes de terre à peler. L'homme avait dit : « Vous êtes mariée ? Dommage… » Puis il avait ajouté, gravement : « On ne dirait pas. »

Cela aurait pu s'arrêter là. Mais il m'avait accompagnée jusqu'à l'endroit où j'avais garé la voiture. La rue se faisait plus étroite, nos corps se frôlaient sur le trottoir inégal. Alors que je fouillais mon sac à la recherche de la clé, il m'avait demandé s'il pouvait m'embrasser. « Sur la joue », avait-il précisé. J'avais ri : « Il y a tellement de filles plus belles et plus jeunes que moi, ici ! » Je continuais à fourrager dans mon sac où tout perpétuellement se mélange. Il avait dit alors, d'une voix délicatement convaincante : « Vous, vous êtes différente. » Quelque chose dans son ton avait changé. Le constat avait valeur de prière, voire d'ordre de mission. Comme si *être différente* impliquait une tâche particulière dont il me donnait l'occasion de me rendre digne. Confuse, j'avais levé les yeux. Il me fixait avec intensité, son regard avait la douceur d'un souvenir lointain, quand j'étais petite fille sur les genoux de mon père. Mais l'expression s'en modifiait sans cesse, les pupilles étrécies comme celles des chats lorsqu'ils passent rapidement de l'obscurité à la lumière. Une étrange torpeur s'était emparée de moi, semblable à une entrée en sommeil : les objets familiers perdent leurs contours et se fondent, la chambre en devient fantasmagorique ; alors il arrive qu'un sentiment d'aspiration vous saisisse et qu'on pense à la mort. Engourdie, comme paralysée, je m'étais tenue là, au bord d'un puits d'ombre. Un seul mot, un seul pas et je m'y serais laissée tomber. Il m'aurait embrassée sur la joue puis sur les lèvres, j'aurais bu dans le même verre, dormi dans le même lit près d'une fenêtre reflétant les néons d'une façade comme dans les chambres de *Toute une nuit*, je nageais dans un film d'Akerman aux teintes fauves comme la peau de cet homme, sa voix, sa fièvre. J'avais alors pensé aux pommes de terre et au rôti. « Non », avais-je dit, toujours en souriant. Mon visage disait « Oui » de tous ses pores, de ses fines rides naissantes. « Non », avais-je répété, avant d'entrer dans la voiture et de manœuvrer en évitant son regard.

Le ferry approchait des falaises de Douvres. Vincent s'était assoupi à nouveau. J'avais envie de crier aux passagers : « Avez-vous envie de m'embrasser sur la joue ou sur les lèvres ? » Je me suis levée, j'ai laissé *Orlando* sur mon siège et je suis montée sur le pont. Le vent me brûlait les yeux, m'obligeait à fermer les paupières, me coupait le souffle. J'étais aveugle, gavée d'air jusqu'à l'étouffement. Ma joue gauche, à la commissure des lèvres, se distendait, ballottait ridiculement. Tout mon visage était tiré d'un seul côté sans que j'y puisse rien.

## 28

Edmond est une bourrasque. Il m'entraîne avec l'obstination du noroît. Relire mon cahier de l'époque de notre voyage à Londres me ramène invariablement à une méditation sur la rareté des traces le concernant. Pourquoi m'obstiner à le suivre à l'heure où je revisite enfin mes archives personnelles ? Revenir vers lui, n'est-ce pas une manière de louvoyer au lieu de tenir le cap de ma propre traversée ? M'éloigne-t-il ? Me rapproche-t-il ? De quoi ? De qui ? Qui de nous deux est le *personnage en quête d'auteur* ? J'erre, je compare, pèse, mesure. Sa vie a été si brève. Mort à l'âge où l'agitation de la mienne était à son comble, entre mari absent, enfants en bas âge et première aventure extraconjugale, aussi fugitive que sans trace : nulle photo dédicacée, nul petit mot, à peine une mention au hasard d'une page griffonnée. Lorsque je mourrai, le souvenir de cet homme marié plein de charme disparaîtra à jamais, fantôme parmi les fantômes rôdant autour de ma sépulture que je ne puis imaginer qu'anonyme et sylvestre, à même l'humus, comme celle de Tolstoï, dont Stefan Zweig disait qu'elle ne proférait nul message sinon le murmure du vent.

Mon père a dû chercher la tombe d'Edmond comme il l'a fait pour tous nos ancêtres, ce qui n'est pas très compliqué, les registres paroissiaux et les faire-part mortuaires suffisant à l'enquête. Irai-je à Orléans ? J'ai repéré sur Internet la rue Bannier, étroite et calme, et même le numéro 18 où se trouvait autrefois l'hôtel où Edmond passa sa dernière nuit. Je n'ai pas envie d'aller rue Bannier. Encore un prétexte, un détour, l'évitement de quelque chose me concernant au premier chef. Pourtant Orléans n'est pas bien loin, aux portes des châteaux de la Loire, « destination prisée des amateurs de tourisme et de patrimoine ». Je n'aime plus la campagne, à l'ère des autoroutes et des supermarchés elle devient un hameau de Trianon où se réfugier des laideurs du présent, entre aubépines proustiennes et moutons qui finiront sans littérature, assommés puis débités encore frémissants. À la douceur ligérienne je préfère l'âpreté du berceau de la vieille industrie, là où la nature lutte entre les vestiges rouillés, où des plantes sournoises se parent de couleurs éclatantes, où un biotope étrange se nourrit d'une terre empoisonnée aux métaux.

Après Douvres, notre voiture s'était mise à glisser, dévorant les kilomètres. Vincent conduisait. Je poursuivais ma lecture d'*Orlando* en traduisant mentalement : « le paysage était du genre simplement anglais, ce qui ne nécessite aucune description ». Je me souviens de ce raccourci désinvolte et de m'en être emparée pour, levant les yeux, tenter de reconstituer un paysage non encore défiguré par les *motorways*, *shopping centers* et autres extensions périurbaines. Nous étions en Angleterre, non dans mon pays massacreur de paysages, pourtant, un demi-siècle seulement après la mort de Virginia Woolf, il était impossible d'imaginer ce qu'avait été un paysage *simplement anglais*. Et sans doute, me disais-je, pouvait-on en dire autant du mariage traditionnel.

Londres n'était plus qu'à une heure de trajet. À cet endroit, trois siècles auparavant, Orlando dans son carrosse réprimait un cri toutes les fois que les chevaux galopaient un peu trop vite. À cet endroit, dans une semaine, nous serions sur le chemin du retour. Où irions-nous entre-temps ? « À Canari Wharf », m'avait dit Vincent. J'imaginais un immeuble jaune canari. En attendant, je tentais désespérément de cerner la nouvelle nature de mon mariage. Je voulais qu'il ne rime pas seulement avec *paysage*. Qu'il constitue le vêtement d'Orlando, ce dont on change à chaque nouveau cycle d'existence.

Vincent avait mis la radio sur un programme musical de la BBC. C'était le *Nisi Dominus* de Vivaldi. Je me suis sentie chavirer. « Vincent, crois-tu vraiment que je vais vivre chastement toute ma vie alors que toi, avec Brian… ? » « Je ne crois rien. Ton corps t'appartient. Tu es libre. » Des larmes d'indignation me sont montées aux yeux. J'ai répliqué quelque chose d'assez bête : « Mais nous sommes mari et femme ! Nous nous appartenons ! » « Je m'appartiens, tu t'appartiens.

On n'est plus au Moyen Âge. » J'en suis restée muette. Que savions-nous des corps du Moyen Âge ? « J'adore le Moyen Âge, l'amour courtois, tout ça, ai-je repris. Mais toi et moi pourrions encore faire beaucoup de choses agréables ensemble, avec nos corps du vingtième siècle, non ? » « Si nous en parlons, rien ne pourra nous séparer. » Admirable sentence. Cela dit, j'essayais d'en parler, justement, mais tout semblait réglé d'avance. Je me suis tue.

J'écoutais le *Nisi Dominus*. Je connaissais ce psaume par cœur, il faisait partie de ceux qu'on entendait autrefois à la messe : « En vain tu avances ton lever, tu retardes ton coucher, mangeant le pain des douleurs, quand Dieu comble son bien-aimé qui dort. » C'était Vincent, le bien-aimé. Brian, lui, était Dieu. Un dieu qui ressemblait à Jésus, Che Guevara et Oscar Wilde à la fois.

Avant *Orlando*, j'avais lu le *De profundis* écrit par Oscar Wilde dans la prison de Reading où l'avait jeté le procès intenté par le père de son amant Bosie. À la suite de notre échange sibyllin dans la voiture, je me suis mise à méditer le destin de Constance Lloyd, son épouse, me disant qu'elle offrait un exemple de tolérance conjugale dont je pourrais m'inspirer pour éviter à l'avenir de harceler Vincent. Dans le *De profundis*, Wilde esquissait en deux trois phrases la gracieuse compréhension de Constance, ses tentatives de médiation, son inquiétude quant à l'emprise de Bosie, bref, « ma femme toujours bonne pour moi », comme il la désignait. Rien n'était dit de l'écrivaine, la journaliste, la complice littéraire, rien de sa beauté radieuse, de sa loyauté résiliente. N'existait que Wilde, possédé par la fureur triste d'avoir été ce génie de réputation mondiale qu'un jeune lord aussi inconsistant que narcissique était parvenu à ruiner financièrement, moralement, artistiquement surtout. Malgré tout le captif de la geôle de Reading se disait prêt à pardonner, prévoyant même d'organiser, dès sa sortie de prison, des retrouvailles avec Bosie « dans quelque paisible ville étrangère, Bruges par exemple ». Car, concluait-il de manière selon moi incompréhensible, « peut-être avons-nous encore à nous connaître l'un l'autre ». Pourquoi, me demandais-je, n'avait-il pas adressé son *De profundis* à Constance, histoire de briser le jeu fatal ? Question vaine : j'oubliais qu'Oscar ne *désirait* pas Constance et qu'écrire à autrui est une construction érotique, un piège fabriqué par le désir. Le texte n'adoptait-il pas la forme même de l'emprise : une pieuvre qui se tordait dans tous les sens, dévorée, dévorante, un tentacule pour la colère, un autre pour la honte, d'autres pour le masochisme, la férocité, la pitié, d'autres encore pour le regret, le pardon, les reproches, le tout s'entremêlant en une pelote inextricable ? J'étais entrée dans le *De profundis* comme dans le vortex d'un cyclone, j'en étais ressortie à moitié asphyxiée, emportant dans ma fuite la seule phrase de Wilde qui, à mes yeux, le justifiait, justifiait Vincent, me justifiait moi-même : « Rejeter ses propres expériences, c'est entraver son propre développement. »

Raison pour laquelle, une fois à Londres dans ce Canari Wharf qui n'était pas un immeuble jaune canari mais un entrepôt transformé en lofts de luxe, j'ai accepté, sur leur insistance, d'accompagner Brian et Vincent dans les bars gays de Soho.

# 29

*Soho !* Ces deux syllabes me faisaient penser à l'appel d'une sirène de navire par une nuit de tempête. Je l'ai dit à Brian qui m'a précisé que le mot désignait en réalité l'appel des chasseurs du temps où le lieu dit Soho abritait le parc riche en gibier d'Henri VIII.

Sirène marine ou cri de chasse, comment ne serais-je pas allée à Soho ? Rues étroites, néons rougeoyants, enseignes de boîtes de nuit, portes ouvertes sur des intérieurs sombres et bruyants, silhouettes se dirigeant seules ou en couple vers un endroit choisi. Un décor de théâtre. J'ai pensé au Théâtre Magique, dans *Le Loup des steppes*, sur le fronton duquel une enseigne au néon annonçait : « Tout le monde n'entre pas. Seulement pour les fous. L'entrée vous coûtera la raison. » Bien entendu le narrateur y entrait et il y rencontrait Hermine-Hermann, qui, déguisée en homme, dansait avec les femmes puis, en costume féminin, dansait avec lui sur un fox-trot intitulé « Yearning », Désir ardent. C'était à peu près la seule scène du livre de Herman Hesse dont je me souvenais, et la plus érotique. Pour le reste je savais qu'il y était question d'amour, de solitude, de suicide ou des trois à la fois. De l'intrigue je n'avais conservé qu'une trace floue. Peut-être est-ce la manière dont je me souviendrais de ma propre existence si je n'avais mes cahiers Clairefontaine.

Brian avait pris son allure de chasse : cou étiré, nez en avant, mains fourrées dans les poches de son blouson de cuir, il semblait avoir oublié notre présence, à Vincent et moi. Je me suis souvenue de ce qu'il avait dit alors que nous paressions dans son loft avec vue sur la Tamise : que le sexe lui était une drogue, qu'il ne pouvait s'en passer. J'avais alors pensé, assez ingénument (car il me regardait, disant cela, comme il m'avait regardée dans les calanques quelques semaines plus tôt), qu'en ce qui me concernait j'aurais volontiers remplacé le mot *sexe* par *amour*. J'aimais d'amour l'intelligence, la sensibilité et la bonté, qui ne coïncident pas forcément avec la beauté ou la performativité sexuelle, sinon pour quelques êtres dont, à l'évidence, Brian faisait partie. Mais Brian était, ou semblait être, avec Vincent – raison pour laquelle je me tenais prudemment hors jeu.

Quelques gouttes de pluie me touchaient le visage. J'avais hâte d'arriver, je souhaitais qu'aucun incident climatique ne trouble l'ordonnance de mes cheveux brossés jusqu'à en devenir électriques. Soudain Brian nous a désigné une porte. Il s'est engouffré dans l'antre, nous dans son sillage. Noir. Musique assourdissante. Air raréfié. Corps qui dansaient ou s'agitaient. Rien de la précision cadencée du fox-trot sous les guirlandes lumineuses du Théâtre Magique. Il fallait se frayer un passage dans une foule compacte dont les conversations étaient noyées par le vacarme. Peu à peu l'œil se faisait à cette obscurité de fonds marins. La concentration d'hommes était abyssale. À peine Vincent avait-il fait quelques pas que la foule se refermait derrière lui, le séparant de moi pourtant collée à ses talons. Je me sentais l'objet de regards de poissons qui semblaient dire : « Tu n'es pas des nôtres, que fais-tu là ? » Que faisais-je là, en effet ? Pourquoi Brian et Vincent avaient-ils insisté pour que je les accompagne ? Brian avait plaidé en termes d'« expérience à faire » et maintenant, sans regarder derrière lui, il m'entraînait vers cette révélation : j'étais de trop.

Tant bien que mal, nous étions arrivés à l'étage. Le bar était dans le fond, seul Brian y était parvenu, sa stature et son charisme lui ouvrant un chemin royal dans le grouillement d'ombres. De loin, il a déchiffré sur nos lèvres qu'il fallait commander deux bières. Il nous a rejoints, a tendu les verres avant de disparaître, happé.

Vincent et moi nous nous étions glissés vers un coin miraculeusement dégagé, près d'une fenêtre qui donnait sur la rue. Appuyés contre le chambranle, nous sirotions nos bières avec une sérénité factice. « Là, des femmes ! » m'a signalé mon cher mari avec sa sollicitude coutumière. Deux créatures vêtues de cuir noir étaient en grande discussion à l'angle du bar. J'ai cherché leurs regards, espérant un mince signe de reconnaissance. En vain. Personne, ici, ne s'intéressait à personne, les couples étaient déjà formés ou en voie de formation. On nous ignorait, Vincent et moi, comme si nous étions des touristes voyeurs. Que pouvions-nous être d'autre ? L'incongru, ici, c'était d'être un couple constitué d'un homme et d'une femme. La pensée que ma présence obligeait Vincent à rester à mes côtés achevait de me désespérer. Il aurait pu, dans le sillage de Brian, recueillir des regards, de furtives caresses, se lover dans cette obscurité fraternelle et torride. Au lieu de quoi il se tenait là, exclu de la magie des gestes, du ballet des effleurements.

Devant nous deux garçons au crâne rasé se léchaient le cou, l'échancrure de la chemise, leurs mains se tâtaient avec une indolence de gastéropodes. J'étais fascinée comme par un coït de poulpes. Je n'avais plus connu cet équilibre parfait entre l'envie de m'enfuir en hurlant et une paralysie totale depuis longtemps. Plus depuis les soirées privées de ma jeunesse, celles qui s'annonçaient par une invitation sur carton crème. Ma mère m'y obligeant, je m'y rendais avec appréhension et espoir en songeant : Cette fois, ce sera réussi, miraculeusement réussi, suspendue à la croyance à un Prince Charmant qui surgirait rien que pour moi. Mais, à peine entrée, la perspective d'un miracle s'écroulait et j'en étais réduite au détachement des mystiques privées de consolation divine. Réfugiée dans l'encadrement d'une fenêtre, je détaillais avec l'énergie du désespoir les moulures de cheminée, les tableaux, les bouquets. Jamais je ne me serais avouée malheureuse : le cadre était trop raffiné et la musique trop entraînante pour avoir envie de se tuer en se laissant glisser sous les talons des danseurs ou en cessant de respirer. Ce monde-là cependant n'était pas fait pour moi, le temps s'y écoulait goutte à goutte, saturé de bruit, alors qu'il passait si vite quand je lisais silencieusement un livre. Des filles qui me semblaient quelconques dansaient sans désemparer. Il m'arrivait, certains soirs, de me sentir belle et cette impression accroissait mon désarroi. Ma mère me répétait que j'avais une beauté vigoureuse, « comme la Vénus de Milo », précisait-elle. Mais la Vénus de Milo n'avait pas de bras pour faire des signes de naufragée, pas de mains pour enlacer, pas de doigts pour caresser un autre visage.

Ce soir-là, dans le gay-pub de Soho, je retrouvais la sensation d'être de marbre, sans bras ni mains. À défaut de bouquets, de tableaux de maîtres ou de filles tourbillonnant en robe de soie, je me suis tournée vers la fenêtre contre laquelle je m'appuyais avec le même sentiment d'abandon que dans les soirées de ma misérable adolescence. J'ai fixé les lueurs du dehors et la pluie qui tombait avec une intensité hostile. Partir ! Marcher ! Me perdre dans le Londres de la nuit !

Je m'en suis ouverte à Vincent. « Pas question, le quartier n'est pas sûr. Je vais dire à Brian qu'on rentre. » L'idée que Brian trouverait désagréable d'être arraché à sa chasse nocturne, la perspective d'être abandonnée le temps que Vincent le retrouve m'ont terrifiée. Je l'ai agrippé : « Reste ! » Après tout, que pesaient mes états d'âme ? Lorsque je rentrais en pleurant des soirées, ma mère me redressait le moral par sa fameuse recette sur le bonheur des *autres* qui devait précéder le mien. Heureux, Brian devait l'être. Vincent n'attendait que mon contentement pour l'être. Les gastéropodes au crâne rasé avaient un sourire de ravis. Les deux lesbiennes en cuir noir discutaient avec animation. Observons, observons, observons. Quelle bêtise de se centrer sur sa propre mélancolie !

« Qu'est-ce que tu bois ? » Brian venait de surgir, agacé ou préoccupé. Je n'ai pas voulu faire l'amour à trois et maintenant je continue à te décevoir, ai-je pensé tout en m'entendant répondre : « Je veux rentrer. » « Prends une autre bière, ça aide. »

Tous les trois, nous avons bu de la bière sans un mot. Brian regardait par-dessus nos épaules : il avait dû laisser quelqu'un quelque part. « On descend ! » Nous sommes descendus.

Et nous voilà coincés cette fois près de l'entrée par où s'engouffraient des rafales humides et de nouveaux arrivants. Un garçon proposait aux entrants des billets de tombola au profit des victimes du sida. De petite taille, les cheveux hérissés, les joues rouges, un accent cockney à couper au couteau, sa présence rachetait celle de tous les autres, les chasseurs et les proies, les éphèbes et les géants, les innombrables mecs et les trop rares filles. « *Hello, Brian's friends !* a-t-il dit. *Where d'you come from ?* » « *Brussels* », ai-je dit, ranimée. On a commencé à parler de Bruxelles. Brian a de nouveau disparu. Le garçon, soudain fébrile, a demandé à Vincent : « Il est libre ? Je veux dire : il a quelqu'un pour le moment ? » « Oh, libre, pas vraiment », a dit Vincent. J'ai lu une terrible déception sur le visage du gars. Puis, à nouveau, une bienveillance malicieuse. « T'es un veinard, a-t-il dit à Vincent. Ta femme est belle et en plus elle a l'air de se plaire ici. *Congratulation !* Pas une de mes amies hétéros ne mettrait les pieds ici sans déprimer à mort ! » J'ai ri. « *It's because I married a homo !* » ai-je hurlé pour couvrir la musique.

Brian a réapparu au moment précis où je criais « *homo !* ». Non comme *Soho*, l'appel du chasseur ou du navire en détresse. *Homo* comme *scuto*, bouclier. « *Scuto circumdabit te veritas ejus* » – Sa vérité te servira de bouclier. Psaume 90. J'ai agrippé le cou de Vincent, glissé l'autre bras autour de la taille de Brian et le miracle fut : moi ressuscitée, bruissante d'excitation et de soulagement, loin, très loin des bouquets compassés et des tableaux de maîtres, attentive seulement au rythme qui me possédait des pieds à la tête.

# 30

Quand j'avais rencontré Vincent, fini de faire tapisserie. Enfin je dansais, nous dansions. Le rock, évidemment, et la valse, dont nous nous emparions à la moindre occasion. Notre couple aurait été champion de concours si seulement nous avions été capables de *détourner*, autrement dit d'inverser le sens pour éviter le vertige. Or nous aimions ce vertige. Notre danse était radicale à sa manière. Nous nous maintenions dans le vertige jusqu'à la fin du morceau, puis du suivant et du suivant encore. Je ne dansais avec personne d'autre tout en sachant ce que je ratais : ce premier prix que j'aurais pu obtenir avec un partenaire qui tournait, lui, dans les deux sens. Mais avec Vincent je pouvais prendre le risque de tomber. De ne devoir qu'à nous, sans le moindre artifice, de conserver l'équilibre – nos mains solidement amarrées, nos corps parfaitement accordés, nos pieds ne s'emmêlant jamais, précis, joyeux. Qui menait l'autre ? Il y avait sa force et il y avait la mienne et ces deux genres de force se tenaient par la taille et par la main et progressaient en tourbillonnant sans heurter un seul obstacle. Nos yeux suivaient le mouvement, nos yeux tournaient aussi. Nous aurions pu les fermer s'il n'y avait eu les autres danseurs, décor mouvant qui s'écroulait, se déchirait, reculait sur notre passage. Nous, nous restions là, solides, grisés l'un de l'autre, au cœur du tourbillon ternaire, un-deux-trois, un-deux-trois, un-deux-trois. Le 3 était notre chiffre, notre éternel retour, une trinité déployée en une seconde, des milliers de secondes pour un seul air de valse, des milliards de secondes pour les fêtes de notre jeune amour.

Je ne vois pas pourquoi cela n'aurait pu continuer, même si ont surgi d'autres prétendants à la danse. C'était chaque fois un homme qui venait, comme dans les films, enlever la femme à son partenaire, sauf que le partenaire délaissé, c'était moi. Non, je ne vois pas pourquoi, malgré ces rapts, ces interruptions, nous n'aurions pu reprendre. C'était notre valse à nous, qu'ils ne connaissaient pas. Nous n'aurions, à la pratiquer de temps en temps, lésé absolument personne, car ces prétendants ne dansaient pas comme moi. L'homme qui prenait ma place bougeait face à Vincent ou contre lui, cela durait un temps, après ce temps plus ou moins long il se détachait, un autre déboulait, toujours face ou contre, non parallèlement comme nous deux avec nos gestes tourbillonnants. J'observais à distance leurs corps ondulants, leurs yeux mi-clos. Je ne les enviais pas. Je m'étonnais simplement de l'amnésie de Vincent, de son oubli de ce qui avait fait notre joie : le jeu du *presque-tomber-sans-tomber*, le pari du vertige.

Quelques jours plus tard, lorsque nous avons pris congé de Brian le long de Canari Wharf, il nous a dit, nous rassemblant du regard : « Vous êtes le couple le plus étonnant que j'aie jamais rencontré. » Et, à Vincent : « Je veux qu'elle soit heureuse. » « Moi aussi », a renchéri Vincent, avec conviction. J'écoutais comme d'une autre galaxie. Qu'est-ce qu'ils avaient tous à vouloir mon bonheur ? Cela sonnait comme une sommation à trouver moi aussi des amants d'un soir, d'une semaine ou d'un mois, voire à refaire ma vie. Plus qu'une façon de se débarrasser de moi, j'ai préféré y voir leur gratitude et leur souhait très sincère que mon avenir s'ouvre comme il s'ouvrait pour Vincent. Pour lui, tout semblait simple. Nouveau départ, nouveau paysage et une communauté au sein de laquelle trouver des repères et déployer sa neuve identité. La mienne, d'identité, étroitement liée à l'homme que j'avais choisi pour la vie, se craquelait comme un vernis de mauvaise qualité. C'était si inconcevable, si insidieusement terrifiant, que je suis entrée dans le jeu du *couple le plus étonnant*. J'avais besoin de cette admiration à l'heure où l'on me priait d'être heureuse toute seule.

Ils se sont embrassés sur les lèvres. J'ai détourné mon regard vers la Tamise qui remuait en bruissant les galets de la berge. J'ai pensé au Grand Gel qui l'avait figée autrefois sur une profondeur de vingt pieds, aux oiseaux qui gelaient en plein vol, à Orlando et sa princesse moscovite échauffés par le patinage et l'amour, à la péniche engloutie avec sa cargaison de pommes et sa marchande des quatre-saisons.

La nuit qui a suivi notre retour à la maison j'ai fait ce rêve : *Je suis dans un pays inconnu dont le principal attrait est de compter parmi ses habitants un chasseur remarquable. Son geste, lorsqu'il vise l'oiseau, est plein de force et de grâce. Je cours vers la forêt admirer ce chasseur. Mais il est loin, toujours en avant de moi, et je désespère de parvenir à le rejoindre. Alors je m'arrête dans une clairière et je reste à regarder les oiseaux élégants qui tournoient haut dans le ciel. J'attends que l'un d'eux s'abatte et que sa chute reflète le parfait talent du chasseur. Un oiseau tombe enfin. Sans grâce, lourdement. C'est un canard au plumage banal, un canard domestique. Sa blessure est béante, profonde et large, à hauteur de la gorge, ce qui le rend muet. L'horreur de cette plaie surpasse tout ce que l'on peut imaginer. Je pleure. Vincent est soudain là, je lui crie : « Il faut sauver cet oiseau ! » « Ce n'est qu'un vieux canard, me répond-il calmement, le cuisinier va l'achever et le cuire. » À ces mots je comprends que le cuisinier et le chasseur sont frères jumeaux. « C'est ainsi que l'on procède dans les pays en guerre, dit Vincent en me prenant par la main, et, ajoute-t-il en m'éloignant de l'oiseau massacré, ce pays est en guerre, perpétuellement. »*

## 31

En poursuivant la lecture de mes cahiers de manière chronologique, grâce aux dates soigneusement inscrites sur les couvertures bleues, vertes, rose ou mauve, j'ai retrouvé une allusion au 7 comme chiffre parfait. Pour moi c'est le nombre des années avant le cauchemar du canard. Un temps où nous avons continué à danser dans les fêtes et où je devenais peu à peu la femme à la fenêtre, avec des pensées qui, parfois, m'effrayaient. Vincent partait au bureau ; je conduisais les filles à l'école et rentrais me faire un café. En regardant par la fenêtre qui donnait sur la rue j'apercevais un garçon, toujours le même, qui passait à vélo. Comme il bougeait ses jambes, j'actionnais la roue de mes pensées : choses à faire, questions confuses, soucis divers. Les hirondelles criaient en jetant sur les toits leurs ombres si fugaces qu'elles en devenaient invisibles. Moi aussi je criais. Moi aussi je devenais invisible. Le soir ramenait Vincent à des heures tardives. Nous mangions. Steaks, côtelettes, rôti, il aimait la viande rouge. Notre silence avait des mâchoires de loup. Les jours de pluie je continuais à guetter les hirondelles qui chassaient par tous les temps et je rêvais au départ vers un pays assez vaste pour m'absorber sans traces.

Vincent tomba malade. Un zona virulent que le médecin attribua au surmenage professionnel. Je ne parvenais pas à être l'épouse attentionnée que j'aurais voulu être pour ce guerrier raidi de douleur, terrassé par l'épuisement. Je dormais dans une autre chambre pour le laisser tranquille. En réalité je me sentais atteinte, moi aussi, par une forme de paralysie, ce qui alimentait ma culpabilité de manière d'autant plus dévorante que Vincent, qui n'a jamais été homme à se plaindre, ne me demandait rien. Je sentais qu'il y avait un secret lié à cette maladie, un sens caché qu'il connaissait mais qu'il ne pouvait partager. Notre mariage avait sept ans, une procession de saisons trouées de rêves et de pressentiments dont j'étais incapable de saisir le sens.

## 32

Sept ans également séparent les deux diplômes qu'Edmond a obtenus dans sa courte vie, celui d'ingénieur de la Bergakademie et l'hommage de la Ville de Liège. Qu'a-t-il fait entre ces deux points sur la ligne du temps ? Ses observations d'oiseaux ont été communiquées à la Société des sciences naturelles à l'automne 1855 et en décembre 1856 il se faisait photographier dans un studio de Freiberg. Autre chose ? En relisant minutieusement l'ouvrage généalogique de mon père, j'ai trouvé, en fin de volume, la transcription d'une lettre datée de la fin de l'été 1858 et adressée par Céline, sœur d'Edmond, à leur frère Henri. « J'ai appris que les bains de mer avaient fait du bien à maman. Edmond est-il revenu et Antoine a-t-il retrouvé ses mollets ? » Ces deux lignes dessinent l'occupation d'un été. La mère en villégiature, le cadet affaibli par quelque handicap passager et l'aîné en voyage. Nul mot du père, sans doute occupé à administrer leurs biens. Où se trouvait Edmond ? *Edmond est-il revenu ?* Revenu d'où ?

Je décide de retourner chez ma sœur et de replonger dans les archives classées dans les malles et armoires. Edmond mort à trente ans, quelqu'un a bien dû commenter cette disparition. Je cherche, cherche encore, ne trouve rien. Pas une seule lettre en juin 1865, mois de la mort d'Edmond. Quelques missives éparses ensuite. Il en manque, sans doute. Écartées ? Détruites ? Je m'arrête à la fin de 1865, déroutée et frustrée. Hors correspondances, je n'ai trouvé que l'annonce mortuaire d'Edmond publiée par la famille et dont Thomas m'a laissé également un exemplaire dans le carton à dessin. Je la scrute de plus près. Étrangement, seuls la mère, les deux frères, la sœur et son mari annoncent la mort de leur « Fils, Frère, Beau-frère, à Orléans le 15 juin 1865 à l'âge de 30 ans, muni des secours de la Religion ». Alphonse, le père, n'est pas nommé. Je vérifie la date de sa mort : 1863, deux ans avant son fils aîné.

« Consulter Mme de Gondi », avais-je noté dans mon Moleskine. Il est temps.

## 33

Lors de ma première consultation astrologique, j'avais bénéficié d'une leçon de modestie et de puissance : quelle que soit l'irrévocabilité de la position des astres à l'heure de notre naissance, nous pouvons jouer avec les potentialités de notre thème, chaque révolution astrale nous offrant une nouvelle chance de rebondir. Quant aux détails de mon inscription dans le siècle, ils se trouvaient sur la cassette enregistrée durant la séance. De manière surprenante, je ne l'ai pas égarée, mais l'heure n'est plus aux lecteurs de cassettes et j'ignore où a disparu le mien.

On établit le thème des vivants, à commencer par le sien propre et parfois celui des proches, tentation qui ne m'a jamais effleurée, je n'éprouve pas l'envie d'entrer en clandestine dans l'existence d'autrui, la mienne me suffit largement. Mais peut-on établir le thème d'un mort ? Bien entendu : cela s'est fait pour Victor Hugo ou Jules Verne. J'écris donc à Mme de Gondi à propos d'un ancêtre mien et, sans autres commentaires, lui envoie les dates de naissance et de mort d'Edmond, « 30 octobre 1834 à Liège – 15 juin 1865 à Orléans », précisant que j'ignore l'heure de sa naissance mais non celle de sa mort : cinq heures du matin. Elle me répond qu'elle établira le thème d'Edmond puis me proposera un rendez-vous. Lorsqu'elle m'appelle une semaine plus tard, je l'entends me dire avec force : « Vos thèmes sont étonnamment proches ! »

Au jour et à l'heure dits, je retrouve Mme de Gondi, identique au souvenir qu'elle m'avait laissé : élégante sans ostentation, entourée de ses livres, de ses objets plus ou moins ésotériques, de son chat tigré qui somnole sur l'appui de fenêtre, de son jardin derrière le chat, havre faussement sauvage aux feuillages étagés. Tout cela plaide pour elle autant que son livre dont elle s'empare de temps en temps pour illustrer ses propos.

« Vos deux thèmes sont complexes et on dirait qu'ils s'emboîtent. »

Je prie les lecteurs férus d'astrologie de pardonner les ratés de ma démonstration mais voici ce que j'ai compris. Comme dans mon thème, règnent sur celui d'Edmond des forces contradictoires. Son paysage astral est aussi explosé que le mien. Nous brassons en totalité notre portion d'univers où gravitent, en configurations étonnamment proches, les mêmes planètes et les mêmes signes zodiacaux, ce qui témoigne d'une « rare gémellité astrologique », selon les termes de Mme de Gondi. Je retiens, parmi d'autres révélations, que la Lune, archétype de la mère, nous domine, ainsi que la planète Mars placée au même endroit de notre ciel. « Mais votre Mars est fort, tandis que le Mars d'Edmond est faible, c'est un homme féminin », précise Mme de Gondi, avant de poursuivre avec célérité, grisée par ces coïncidences à un siècle et demi de distance. Je note à toute vitesse que la féminité de mon jeune ancêtre s'emboîte avec la masculinité de mon âge mûr et qu'« Edmond n'aime pas les femmes » (Saturne conjoint à la Lune). Autre précision qui m'interpelle : Saturne, planète de la mélancolie, fait sa révolution en vingt-trois ans et demi et Edmond meurt peu après son retour dans son ciel.

« Il faut savoir que si un être aborde un âge climatérique sans projets d'avenir, il s'expose à de grands malheurs.

– *Climatérique* ?

– Critique. Tous les sept ans, nous changeons d'âge pour le meilleur ou le pire. Il s'agit de traverser ce moment de grand chambardement et de bondir dans une nouvelle existence. Si nous n'y parvenons pas, la mort nous guette au tournant. Edmond parcourt quatre cycles de sept ans puis meurt deux ans après. Où en était-il de sa vie ?

– À vingt-sept ans il se distingue par un acte héroïque. Son père meurt quand il a vingt-huit ans. Deux ans plus tard, il n'est plus.

– Mort de quoi ?

– On l'ignore. »

Mme de Gondi signale que, le 15 juin 1865 à cinq heures du matin, Neptune était conjoint à Pluton et opposé à la Lune, « ce qui signe l'addiction ». Je me souviens alors que la graphologue, dans sa perplexité face au brouillon, avait lancé ce mot, *addiction*.

« Une sorte de suicide par défaut ? dis-je.

– Plutôt des excès par défaut. Défaut d'amour, de soutien, de reconnaissance. Afin de se soustraire à la rigidité de sa mère, Edmond a basculé dans un monde parallèle. Il a pu abuser de substances illicites. »

Fabuleux tout ce que l'on peut sortir de signes cabalistiques éparpillés sur un cercle en portions de tarte occupant une page A4 crachée par une imprimante domestique. Cela dit, en reconsidérant les signes zodiacaux, planètes, prénoms de dieux antiques répandus en pluie sur mon carnet de notes, le découragement me saisit. L'astrologie reste un langage qui m'échappe, comme les mathématiques. Je me revois sur les bancs de l'école face aux opérations inscrites à la craie sur le tableau. Je n'y comprenais rien, perdue, honteuse, révoltée. Des décennies plus tard j'ai toujours l'impression d'être amputée d'un langage essentiel tout en demeurant captivée par cette éclatante absurdité.

Ce que je retiens des observations de Mme de Gondi c'est qu'Edmond et moi sommes des jumeaux astrologiques à un siècle et demi de distance. J'en conclus que je puis être pour lui à la fois une sœur et une mère. Sœur d'âme par la proximité de nos configurations astrales ; mère adoptive par mon désir de le réintégrer dans la famille. Mais peut-on à ce point s'emparer d'un mort ? Et d'un mort qui n'aimait pas les femmes ?

# 34

Qui était la mère d'Edmond, elle dont Mme de Gondi a évoqué une « rigidité » qui aurait contribué à faire fuir son fils aîné dans « un monde parallèle » ? Je n'ai pas attendu ces suppositions pour trouver au portrait d'Adrienne, même teinté d'un sourire aimable, une austérité un brin amère. La coiffure stricte, à la raie centrale ponctuée d'un bouquet de violettes trop frêle pour la corpulence du modèle, reflète une coquetterie sans illusion. Adrienne doit avoir soixante ans mais il lui manque l'énergie rayonnante qui illumine les photos d'autres femmes de la famille, à commencer par ma mère.

Jeune, Adrienne était-elle joyeuse ? Relisant l'ouvrage de mon père, je note qu'elle a épousé Alphonse, de neuf ans son aîné, le 18 octobre 1831, à Werden-an-der-Ruhr. Pourquoi pas à Liège ? Je me souviens d'une anecdote que ma mère aimait à raconter en riant. « Mon arrière-arrière-arrière-grand-père, disait-elle, a marié sa fille en Prusse parce que chez nous, à cause du Code Napoléon, elle n'aurait pas pu divorcer. Son futur mari n'était pas fiable, apparemment, et c'est elle qui avait l'argent, alors tu vois, mariée en Prusse, elle pourrait divorcer avec la bénédiction de sa famille si jamais ça tournait mal ! » Je découvrais ainsi le souci bourgeois de la conservation des richesses et la protection que ce père prévoyant avait voulue pour sa fille privée, par mariage, de la gestion de son patrimoine.

La Prusse est devenue l'Allemagne et Werden, qui accueillit les noces des parents d'Edmond, est située à une vingtaine de kilomètres seulement de Bochum où Vincent étudiait. La même forêt nous a vus nous promener main dans la main, Alphonse et Adrienne, Vincent et moi. Cette proximité des lieux à presque deux siècles de distance fait partie des coïncidences qui m'accompagnent depuis que je m'intéresse à Edmond. Une obsession se nourrit par attraction de signes. Une constellation nomade se met à scintiller, petits fanaux visuels, surprises olfactives et sonores, ombres et lumières, rencontres fortuites, autant de cailloux semés par une main invisible qui nous fait croire à la puissance d'un amour tandis qu'alentour tout conspire : la coulée de sapins noirs, les collines repliées sur leurs secrets de charbon, la voracité des buddleias au pied des hauts-fourneaux délaissés.

De nombreux sens fantômes circulent entre des archives lacunaires. Si j'en choisis un plutôt qu'un autre – ici la remarque amusée de ma mère – c'est comme on passe et repasse devant un puzzle, plaçant une pièce, puis une autre, découvrant peu à peu le motif. Ma mère, si expéditive pourtant, adorait les soirées consacrées à cette passion lente. L'image entamée pouvait rester durant des semaines inachevée sur la table du salon. Chaque personne de passage rajoutait une pièce ou se contentait d'observer quel coin de ciel ou de frondaison s'était comblé, quel animal avait trouvé sa patte ou sa tête, quelle maison son toit ou sa porte. Ma récolte d'éléments offre autant d'entrées qu'un puzzle de mille pièces. La main du lundi n'est pas la main du jeudi, ni celle du matin aussi leste que celle du soir, mais toutes finissent par relier entre elles les couleurs et les formes. Sur ma table je déplace ces fragments ancestraux que j'ai sortis de leur relégation comme on va chercher, un jour de pluie, la boîte contenant l'image aux pièces mélangées. Il suffit que je les rapproche pour que se révèlent des motifs qui se trouvaient déjà là.

## 35

Lorsque l'image que j'organise recommence à se brouiller, je reviens vers les archives. Mon matériel est double : les documents concernant Edmond et mes propres cahiers. Les coïncidences tombent comme des dominos. Je m'aperçois que les cahiers dont je me suis emparée correspondent au moment où mon père rédigeait, sur la base du diplôme d'hommage de la Ville de Liège, la brève réhabilitation d'Edmond qui apparaît dans son livre. La question qu'il a posée à Thomas date de décembre 1994 ; son ouvrage généalogique concernant ma branche maternelle a été publié deux ans plus tard. Entre-temps, j'ai noté dans mon Journal un ou deux faits dont je n'avais pas alors mesuré toute la portée.

Un jour ma paradoxale mère me dit tout à trac, au fil d'un de ces échanges de mère à fille qui n'ont jamais eu, tant je me tenais prudemment embusquée, de conversation que le nom : « Faites ce que vous voulez mais ne divorcez jamais ! » Je précise que rien ne semblait motiver cette salve soudaine, sinon peut-être le fait que Vincent se faisait plus rare aux réunions de famille. Quelque temps plus tard, mon tourment dissimulé sous l'apparente généralité de ma question, je demandai à brûle-pourpoint à mon père si quelqu'un, chez nous, avait jamais divorcé. Il réfléchit un instant puis me dit qu'un couple, oui, avait divorcé, dans les années cinquante. Ces cousins-là, dit-il, étaient peu connus de nous, car ils vivaient en Croatie. Je me contentai de lui demander la raison du divorce. À quoi il répondit sobrement : « Sa femme l'a quitté parce qu'il était homosexuel. » J'en restai muette de saisissement.

En interrogeant les tableaux généalogiques et les déplacements familiaux, je n'ai retrouvé aucune trace du couple en question. Ces gens ont-ils vraiment existé ou était-ce une fiction volant au secours de ma détresse ? Le ton neutre de mon père me laissait au milieu du gué mais aujourd'hui je considère cette réponse comme une forme de permission comparable à celle du père d'Adrienne déplaçant le mariage de sa fille en Prusse. Par là mon père m'assurait à l'avance, lui aussi, de son pardon : oui, j'avais le droit de divorcer, particulièrement si le motif en était l'homosexualité du conjoint. Lui, si distrait selon ma mère, si peu préoccupé en apparence de sa progéniture, avait observé au fil des ans sa fille aînée et son beau-fils, à qui, je le précise, il n'a jamais retiré son affection. Nous nous parlions peu mais sans doute avait-il repéré, en bon géologue, les strates et glissements du terrain familial. Je me suis souvent demandé pourquoi un homme aussi intelligent ne dominait pas son monde. J'aurais voulu qu'il brille. Être fière de lui publiquement. Ne pas le découvrir à ce point clairvoyant seulement après sa mort.

Divorcer, donc. Pourquoi pas ?

## 36

Je ne sais plus très bien quand et comment ma belle-mère l'a appris. Deux à trois fois par semaine Vincent l'appelait de sa voiture en rentrant du bureau ; le samedi matin, c'était elle qui téléphonait à la maison pour avoir des nouvelles. Lorsqu'elle comprit ce qu'il en était, ou plutôt lorsque Vincent le lui révéla dans sa cuisine, lieu de toutes les confidences, elle l'embrassa, les larmes aux yeux, et lui dit : « C'est moi qui t'ai fait comme tu es. » Vincent me l'a raconté lui aussi les larmes aux yeux, ce qui, étant donné son impassibilité coutumière, m'a bouleversée.

C'est sans doute peu après cet aveu filial que ma belle-mère a cessé de prendre l'initiative des coups de fil du samedi, se contentant de me demander avec délicatesse, lorsque j'étais seule avec elle, comment allait ma vie. Elle n'a jamais rien dit à mon beau-père, qui ne l'aurait pas supporté. Chez nous, c'est mon père qui l'a caché à ma mère. Vincent et moi avons partagé jusqu'à la mort de nos parents les bienfaits de cette conspiration en chiasme. Nous nous sentions condamnés d'un côté ; de l'autre protégés.

Du temps où ma belle-mère ne savait encore rien, elle

appela donc un samedi matin à la maison et, comme d'habitude, demanda à parler à Vincent. « Il est au supermarché », dis-je. Elle me fit remarquer que je lui fournissais cette réponse depuis quelques semaines et qu'il ne lui semblait pas normal qu'un homme qui travaillait autant se charge, en plus, des courses alimentaires. Je lui dis que son fils la rappellerait, prévins Vincent sur son portable, raccrochai et, assise à la table de la cuisine, me mis à pleurer. Cela faisait plusieurs week-ends que Vincent filait en Allemagne retrouver Markus qui avait succédé à Brian.

Markus vivait à Cologne, à deux heures de route de chez nous. Il lui arrivait de venir à la maison, mais le plus souvent c'était Vincent qui se rendait dans cette ville gay-friendly. Étant donné le temps qu'il consacrait à son travail pour Max, ces escapades en faisaient un homme invisible. De plus en plus je restais seule avec les filles, bourrelée d'interrogations. Pourquoi me sentais-je si déprimée ? Était-ce le signe d'un déséquilibre mental ? Je n'avais accès ni à la colère ni à la tristesse, bannies dès mon plus jeune âge. J'étais une créature gelée, la marchande des quatre-saisons dans sa péniche pétrifiée, vingt pieds de glace me séparant des vivants. Mes plaintes, aussi confuses qu'angoissées, ne servaient qu'à me culpabiliser davantage. N'avais-je pas tout pour être heureuse ? Ma mère me le disait, Vincent et nos amis aussi. Jusqu'à moi-même qui alignais mentalement la liste de mes avantages et celle de mes indignités.

Mes larmes tombaient dans mon café quand on sonna à la porte. C'était le frère cadet de Vincent et sa femme, visite improbable : ils ne vivaient pas à côté. Passant en chemin vers ailleurs, ils s'étaient dit qu'un saut chez nous... Elle et lui étaient là, assis face à moi à la table de la cuisine. « Tu es toute seule ? Où est Vincent ? » me demanda chaleureusement son frère. Sa gentillesse me brisa. Je me remis à pleurer, puis à résumer, toujours en sanglotant, notre vie de fous. Lui et elle m'écoutaient, médusés. Lorsque j'en vins à l'indignation vertueuse de ma belle-mère et aux remontrances dont j'avais été la cible en ce samedi fatal, ils se concertèrent brièvement du regard puis, dans un bel ensemble, éclatèrent de rire. Un mari homosexuel, une belle-mère intrusive, une épouse injustement accusée : c'était un vaudeville. Je me mis à rire aussi, à travers mes larmes.

Je ne me souviens plus de la conversation qui a suivi. Les filles ont dû faire irruption, j'ai dû aller chercher des croissants. Ce que je sais, c'est qu'à partir de là tout me devint, en quelque sorte, plus léger. Non dans le sens où Vincent le supposait, celui d'une entente reconduite à coups de réassurances du genre « si nous en parlons, rien ne pourra nous séparer », mais parce que, en mettant sur la table l'étendue de mon désespoir, j'étais comique, semblait-il. Une fois de plus on pourra me reprocher de ne pas m'être déclarée victime. Peut-être suis-je simplement bon public, y compris de mes propres malheurs.

Ce que j'ai commencé à comprendre au terme de cet aveu lancé à mon beau-frère et ma belle-sœur après des années de silence, c'est que si les homosexuels souffrent de leur relégation dans la clandestinité, leurs épouses, au placard elles aussi, ne bénéficient pas du soutien d'une communauté, de lieux de rencontre, de manifestations ou de drapeau à leurs couleurs. La Rainbow House, fondée depuis, offre pourtant le plus inclusif des sites internet du monde. Régulièrement je l'écume avec admiration et envie, cherchant une petite place où faire entendre ma voix dans le grand concert des associations ouvertement féministes et antipatriarcales qui la composent. Mais force m'est de constater que les intentions détaillées sous la rubrique « Familles LGBTQIA+ » ne concernent que les droits des parents homosexuels. Quant au « Focus Femmes » – ce que, tout bien considéré, je crois être –, il est réservé aux « lesbiennes, bisexuelles, transgenres, queers et intersexuées ». Si cela avait été aussi clair du temps de mes naïfs débuts, je ne me serais jamais risquée à solliciter une oreille compréhensive dans ce qui s'était révélé le lieu de rejet du *corps étranger* que je semblais être.

Edmond lui aussi avait été banni comme corps étranger. Edmond avant Brian, Markus, Jérôme, João, Nikolaï, exclus par leur famille, leur milieu, la société. Mais Edmond n'avait ni modèle ni soutien à une époque où aucun récit ne rendait compte de la-chose-qui-n'avait-pas-de-nom. Edmond a dû penser qu'il était fou. Entre sa lettre sage à son père et son brouillon désespéré, ses interrogations ont dû être aussi tourmentées que les miennes. Pire, ce jeune homme au parcours apparemment sans reproche a dû faire un jour un faux pas et basculer dans la non-existence.

# 37

Lorsque je lui faisais part de ma frustration en lui disant « Nous ne sommes pas un couple », Vincent me répondait invariablement : « Nous sommes une famille. » Je ne répliquais pas, la sobriété de ses réponses coupant court à toute discussion. Bien sûr j'étais consciente des avantages d'être une famille, surtout en période de vacances.

Un été, nous partîmes en Tunisie, invités par un des frères de Vincent qui y travaillait. Sa femme et lui avaient deux fils de l'âge de nos filles, nous pouvions donc les leur confier et nous échapper quelques heures. Un jour que Vincent et moi marchions main dans la main sur une plage, deux jeunes hommes surgis de nulle part nous abordèrent. Séduire les touristes est là-bas une occupation lucrative. Je l'ignorais et interprétai leur initiative comme une manière de s'intéresser à nous, de converser en somme. Comme ils étaient amicaux et charmants, ces êtres avides d'échanges !

Cette impression ne dura guère. Vincent soudain me lâcha, suivit le garçon qui l'avait entrepris et tous deux s'évanouirent dans les dunes à la vitesse de l'éclair. Je me retrouvai seule, abandonnée par l'être au monde qui, estimais-je, me devait le plus protection. L'autre garçon, caressant, insistait. J'argumentai, ne voulant pas froisser ce que ma mère m'avait toujours présenté comme la si délicate virilité masculine. En réalité je paniquais, cherchant Vincent du regard. Moment abominable où je faillis céder pour en finir avant de m'excuser en bredouillant et de m'enfuir jusqu'au bord des vagues pour attendre son retour.

Ce ne fut pas très long et je lui fis d'amers reproches. Il se contenta de laisser passer l'orage sans un mot, ce qui m'apparut comme un blâme pur et simple de mon manque de curiosité et d'audace.

L'épisode tunisien fait partie de ceux dont j'ai conservé un souvenir aussi précis que cuisant. Nous n'en avons jamais discuté tant l'attitude de Vincent respirait la plus suave innocence : le désir l'avait mené et le désir n'est jamais coupable. J'ai parfois eu l'impression qu'il attribuait mes reproches à un puritanisme obsolète. Après tout nous avions mis en place une nouvelle équation – *Je m'appartiens, tu t'appartiens* –, à moi de me débrouiller sans en faire tout un foin. Cependant je m'obstinais à ne pas considérer la chose à la légère. Au contraire je continuais à associer le sexe à l'amour, ce en quoi j'avais tort : si ce rêve se brisait perpétuellement, c'est qu'il était absurde. Ma mère, championne de l'éducation genrée, m'avait instruite en ces termes : « Qu'un homme trompe sa femme, c'est normal, qu'une femme le fasse, c'est dégoûtant. » Ma grand-mère, plus modérée, avait lâché un jour : « Dommage qu'on ne puisse épouser une femme, ce serait quand même plus simple. » À quoi Simone de Beauvoir, que ni l'une ni l'autre n'avaient lue, ajoutait dans *Le Deuxième Sexe* : « Le mot "amour" n'a pas du tout le même sens pour l'un et l'autre sexe et c'est là une source des graves malentendus qui les séparent. »

Le lendemain de notre balade ratée à la plage, visitant un site touristique, nous fûmes invités à vivre une expérience.

Il s'agissait, introduit par un guide, de se coucher sur l'autel de pierre qui occupait le fond d'un sanctuaire antique et, les yeux clos, de faire un vœu, l'unique vœu que l'on souhaitait ardemment voir se réaliser. Ce vœu resterait secret, chacun étant invité à le formuler en son âme et conscience sans autre rituel que la pièce de monnaie donnée au guide pour prix de son service. J'ignore quels furent les vœux de Vincent et des filles qui se prêtèrent au jeu avec sérieux, ni quelle a été, depuis, la trajectoire de ces souhaits supposément magiques. Quant à moi, m'allongeant sur la table de pierre et fermant les yeux, je revis la maison qui volait ; pour effacer la désillusion de la veille, j'aurais voulu qu'elle ne tombe jamais. Mais, au moment de formuler ce vœu, je me ravisai et demandai simplement que l'écriture m'accompagne tous les jours de ma vie.

## 38

Je fus atteinte d'une chlamydiose et décidai que nous ne ferions plus l'amour. Je dis à Vincent que je préférais me résoudre à la chasteté plutôt que de courir le moindre risque. Je prononçai « chasteté » avec une sorte d'excitation : je nous voyais déjà comme l'un de ces couples mythiques à l'éros sublimé qui, de Tristan et Iseut à Leonard et Virginia Woolf, avaient, pour diverses raisons liées à leur destin, veillé à maintenir entre eux l'espace délimité, en son temps, par l'épée du roi Marc. Vincent n'eut pas l'air impressionné. Il dit simplement qu'il faudrait trouver une nouvelle façon de s'aimer. Cette phrase si brève n'avait rien de gratuit, au contraire elle semblait m'indiquer le chemin. Quant au reste, il m'affirma qu'il prenait toujours ses précautions. La preuve : il n'avait rien alors que Markus venait d'être déclaré séropositif.

Il s'était séparé de Markus depuis peu, cela je le savais. Mais l'annonce de sa séropositivité m'ébranla considérablement. Lequel des deux malheurs avait précédé l'autre ? Sous le choc, je ne posai pas la question, d'autant que notre vie avait repris son cours normal, week-ends compris. L'angle mort, ce dont on ne parlait pas, c'était Markus affrontant seul le virus dans son sang. À l'heure où le monde entier retentissait des cris des victimes du sida, cela me fit m'interroger pour la première fois sur notre responsabilité. N'étions-nous pas une sorte de piège pour ces jeunes hommes ? Chacun d'eux entrait dans notre maison volante, y était accueilli, choyé, prenait ses marques, rêvait à l'amour durable, puis, pour des raisons que je ne parvenais pas à démêler, tout s'effondrait. Non pour Vincent, rendu à la routine de notre organisation familiale, mais pour ces êtres qui se retrouvaient seuls, jetés par-dessus bord. Ces abandons me tourmentaient. Si j'avais été malade et seule, sans compagnon ni enfants, j'aurais été Markus, tous les Markus de la terre.

Je n'ai pris aucune note de ce moment de notre vie. Dans mes cahiers je consignais mes rêves, les progrès des enfants et de brèves allusions à mes propres rencontres amoureuses. Tout ce qui concernait la double vie de Vincent se déclinait en prénoms fugitifs. Une liste non exhaustive, les plus présents. Brian, Markus, Jérôme ensuite, qui était pianiste et friand de ma présence à ses concerts. Jusqu'au jour où, se trouvant seul avec moi dans la cuisine, il me dit brusquement : « Qu'est-ce que tu fais encore ici ? À quoi tu sers ? » Ce fut si inattendu, exprimé d'une manière si froide, si différente du ton caressant qu'il adoptait d'habitude, que j'en demeurai muette de stupéfaction. Ce que j'en compris, en exacte traduction de mon impensé, c'était : « À quoi sert ton sexe ? » Quelques mois plus tard, quand leur histoire fut finie, Jérôme pleura parce que, dit-il à Vincent, il ne me verrait plus.

Puis il y eut João, jusqu'à ce qu'il reparte au Brésil après avoir été licencié de l'hôpital où il travaillait comme infirmier de nuit, au motif qu'il se droguait aux opioïdes qu'il dérobait dans la pharmacie de garde. Il passait beaucoup de temps à jouer avec nos filles, se déguisait pour elles en drag-queen, tirant parti d'échantillons d'étoffes hérités d'une grand-tante mienne. João adorait les enfants, il aurait voulu en avoir. Nous l'aimions tous. Avec lui c'était la fête perpétuelle, la grâce, les rires. C'est à son propos que l'aînée me demanda un jour, sur le chemin de l'école, s'il était « homosexuel », un mot qu'elle venait d'identifier en s'intéressant à je ne sais quel chanteur. Je lui dis que oui. Et Jérôme ? Et Markus ? Et Brian ? me demanda la cadette. Oui, oui, oui. Elles crièrent alors : « On le savait ! » Leur soulagement d'avoir enfin un mot à mettre sur ce qui les avait agitées éclata en rires éperdus. Elles n'avaient pas nommé leur père, mais je lisais dans leurs pensées. Oui, papa préférait les hommes et ce n'était pas grave puisque la vie continuait comme avant, leurs parents, la maison, le chien, le chat, pas de mensonges, pas de disputes et s'amuser avec João dès qu'on rentrait de l'école. Que Vincent et moi dormions dans des chambres séparées ne les aurait affectées que si j'avais manifesté d'une manière ou d'une autre mon déplaisir, ce qui n'était pas le cas, et ce, pour deux raisons. Premièrement, je ne voulais pas les brusquer. Deuxièmement, l'aménagement d'un nouveau lieu, fût-ce une maison volante, requiert la capacité de supporter un certain temps le chaos.

Pour l'heure, puisqu'il fallait que je n'appartienne plus qu'à moi-même, je repris mon corps à la suite de ma chlamydiose tout en m'efforçant d'apprivoiser cette nouvelle étape de mon processus d'effacement. Les premiers temps il arrivait que je rejoigne Vincent pour finir la nuit, mais après la disparition de Markus ce minimum vital prit fin. Partager un lit ne nous est plus jamais arrivé, mon bras autour de sa taille, sa main prenant la mienne dans un demi-sommeil. Pour désigner ce vide, l'expression générique *absence de contact physique* suffit. Je peux témoigner que ce délaissement appliqué à des êtres encore jeunes les conduit à se sentir vieux avant l'heure. De là sans doute mes fantasmes récurrents de saut hivernal dans la Meuse qu'il me faudra concrétiser avant que l'arthrose, la cécité ou le gâtisme ne m'empêchent d'escalader le garde-corps de la passerelle que j'ai repérée comme la plus propice à une chute sans témoin.

Un jour une journaliste vint de Paris pour m'interroger sur mon premier livre. Elle avait bien connu Duras et j'en profitai pour lui demander incidemment comment Duras avait vécu sa relation avec Yann Andréa, qui venait de publier *Cet amour-là*. Elle me répondit sobrement : « Duras m'a dit que vivre avec un homosexuel tuait une femme. » L'expression *tuer une femme* me sembla excessive, un bon mot d'écrivain. J'étais incapable d'admettre que cela concernait la jeune femme que j'étais, munie d'un mari prévenant et convoitée par d'autres hommes, *tous et un*, comme disait Vincent. Même Max me manifestait, dans les banquets d'entreprise, une attention à la mesure de mon évanescence. Vincent faisait le job, chaleureux, volubile, et moi, faussement attentive, j'étais ailleurs, de quoi intriguer ceux qu'attirent les femmes un peu étranges. L'étrangeté, dans mon cas, était renforcée par ma duplicité : je portais une alliance mais ma disponibilité était palpable. Le moment venu, je ne révélais l'homosexualité de Vincent qu'à l'homme qui me plaisait, les autres n'avaient qu'à s'effacer, découragés par ma rigueur d'épouse. Ce filtre était idéal, je le déplaçais à ma guise.

Je ne parviens pas à faire le deuil de cette période ambiguë. Je ressors les photos et me contemple, stupéfaite. « Qu'as-tu fait de ton frère ? » demande Dieu à Caïn. Qu'ai-je fait de mon corps ferme, de la pureté de mes traits ? Je me suis laissé tuer sans effusion de sang, sans la moindre violence, sans autre victime que moi-même. L'estomac des anorexiques se rétrécit jusqu'à la mort, le sexe des abstinents aussi, à la différence qu'on n'en meurt pas vraiment. Il suffit de ne plus y penser, de bannir le souvenir des lieux où veillaient nos sens à l'affût, d'en fermer définitivement la porte comme on condamne la chambre d'un enfant mort.

## 39

Duras. Moi. Autre chose nous séparait, un trait hérité de ma mère, soit une formidable propension au déni. Déni maquillé en noble qualité, à savoir la capacité de mesurer les avantages d'une situation. J'aimais que Vincent soit joyeux, léger, sincère – trop de maris me paraissaient éteints. J'aimais que João m'apporte des chocolats, des fleurs, des bougies parfumées et qu'il joue avec nos filles, enfant parmi les enfants. Chaque fois qu'il s'annonçait, elles sortaient une banderole de papier où elles avaient peint « Vive João » et la scotchaient sur la porte d'entrée.

Un soir, on passait *Philadelphia* à la télévision. João et Vincent regardèrent le film ensemble puis Vincent lui proposa de rester dormir. João aurait pu passer la nuit dans la chambre mansardée dont j'avais fait mon QG, il suffisait de changer les draps. Mais ce soir-là je dis à Vincent qu'ils pouvaient dormir ensemble dans notre lit. Je crois qu'ils l'espéraient secrètement, et cela coïncidait avec la seule pensée qui m'habitait : Je ne veux pas de João là-haut, ni de personne, je n'y veux que moi et mes cahiers Clairefontaine. C'était mon lieu, le seul préservé de la confusion des territoires. J'y dormis magnifiquement cette nuit-là. Sans rêves, sans cauchemars. Dès son réveil, Vincent vint m'embrasser tandis que je me prélassais en écoutant les pies se chamailler sur le toit. Il me dit que notre aînée avait sauté sur notre lit et, y découvrant João, avait crié à sa sœur : « Viens voir ! Ils ont dormi ensemble ! »

On attribue parfois trop d'importance à des événements qui ne font qu'être en accord avec la fabrication d'une existence. « Avivez le creuset jusqu'à ce que le fer soit dissous et que les espèces s'unifient avec lui », lit-on dans *Les Alchimistes grecs*. Si je mêle dans mon creuset cette nuit passée dans ma mansarde et ma traversée du lac du Verdon, j'y trouve les moments où mon envie de mourir s'est dissoute dans le désir d'écrire.

## 40

En attendant, même célibataire, j'avais un corps. Et comme je restais assise le matin à travailler, il fallait que je l'exerce ensuite pour le faire taire. J'allais à la piscine chaque midi, mais nager ne suffisait pas, nager ne chassait pas les pensées. Je me mis à pratiquer l'apnée. Je me tenais au bord, haletais discrètement, inspirais profondément, retenais mon souffle, puis plongeais et parcourais sous l'eau la longueur du bassin. Cependant le maître-nageur m'avait repérée. « Qui vous a appris à nager ? » fut son entrée en matière. C'était ma mère, elle l'avait fait pour ses quatre enfants et pour nos cousins, en infatigable entraîneuse de tous les gamins alentour. Avec elle j'avais pris des habitudes qui ne tenaient pas compte de la décontraction des muscles, tout était toujours dans la rapidité et l'effort. Le maître-nageur m'apprit à découpler ma brasse de manière plus fluide. Ne pas viser l'exploit, prolonger le mouvement, poursuivre sur sa lancée. L'apnée faisait le reste : sous l'eau, le cerveau se vide, la paix s'installe.

L'établissement frôlait la vétusté. Le bassin était sans reproche mais il manquait des mosaïques à la fresque murale et certaines douches étaient froides. Le maître-nageur le déplorait. Il disait qu'il finirait par partir au Canada, où l'on peut être à la fois maître-nageur et bûcheron et où les piscines sont modernes. En attendant, il portait par-dessus son torse nu une chemise de bûcheron dont les carreaux rouges et noirs tranchaient sur tout le bleu alentour. Tel quel il me suivait du regard, mine de rien, après avoir surveillé toute la matinée les enfants des écoles et avant de recommencer avec la fournée des enfants de l'après-midi.

Un autre homme m'observait. Il nageait vite, mobilisant un couloir. Je l'avais repéré : de tous ceux qui pratiquaient le crawl, il était le plus corpulent et le plus rapide. Il s'arrêtait parfois, la barbe ruisselante, et me regardait aller et venir sous l'eau. Quand j'émergeais, il était là, avec son air de dieu grec.

Un midi, j'ai cessé de fixer l'eau, d'offrir mon profil imperturbable de nageuse. Je me suis arrêtée, comme lui, le long du bord. J'ai dit :

« Il y a du monde aujourd'hui. »

Son regard s'est détourné, soudain fuyant.

« Moins qu'hier. Le mercredi, c'est le pire.

– Je ne viens jamais le mercredi, mes filles sortent de l'école à midi. Vous venez tous les jours ?

– Oui. Je travaille à côté. »

Il a jeté un coup d'œil, par la baie vitrée, vers un bâtiment dont le sommet dépassait les arbres. Il y avait là plus d'un millier de personnes occupées à la fabrication de produits pharmaceutiques. J'ai cru comprendre qu'il était chargé de la maintenance de tous les circuits électriques situés dans les entrailles de la boîte.

Il regardait encore au-dehors quand il a lâché :

« Vous nagez vite. Difficile de vous suivre. »

Un homme m'avait dit à peu près la même chose dans une rue de Bruxelles : *Vous marchez vite ! Difficile de vous suivre !*

« Vous n'êtes pas obligé de me suivre », ai-je répliqué.

Il m'a regardée bien en face. De beaux yeux bruns, de longs cils ruisselants, une fossette enfantine.

« Quel homme n'aurait pas envie de vous suivre ? »

Il a prononcé cette question avec une sorte de soulagement, comme s'il parvenait au sommet d'une montagne qu'il gravissait depuis des semaines. Soudain il touchait au but et recevait son dû, une phrase jetée d'en haut pour le repousser dans le vide :

« Désolée, il faut que je nage, j'ai froid. »

En réalité il y avait derrière mes mots un corps qui ne demandait qu'à le suivre, qui s'engouffrait dans son sillage. J'ai inspiré à fond et je suis repartie. Pendant quelques longueurs j'ai fait semblant de ne pas le voir. Peu à peu, sa trajectoire s'est rapprochée de la mienne, les nageurs s'écartant sur son passage. J'ai interrompu ma brasse coulée :

« Vous ne nagez pas droit ! »

Il a fixé un point imaginaire et a dit :

« Un jour, on se rejoindra. »

Je n'ai jamais rêvé de lui. Mais parmi les rêves de cette période-là j'ai noté dans mon cahier celui-ci : *Vincent et moi nous nous trouvons sur une place où se tient un marché. Une rue en fait le tour, longeant les étals multicolores chargés de fleurs ou de fruits, douze étals, un pour chaque mois de l'année. Vincent s'en va par la droite et moi par la gauche, comme si nous avions chacun une moitié de l'année à explorer. Je suis devant une échoppe débordante des délices de mai : asperges, petits pois, laitues, lilas, pivoines, quand lui se trouve à l'opposé, entouré d'une profusion de courges, choux, asters et chrysanthèmes.*

J'ai longtemps pensé que nous nous rejoindrions toujours à mi-chemin. Vincent me raconterait les flamboiements de l'automne et la peau tiède de João assis derrière un comptoir de fruits, je lui parlerais des agneaux sous les pommiers en fleur et de l'homme de la piscine m'embrassant dans un parc. Ce serait une ronde. Infinie.

Je ne crois pas que la passion suive le même trajet, circulaire, que la tendresse. Elle ressemble plutôt à deux nageurs qui se dirigent comme des flèches vers une cible unique.

## 41

Entre Noël et le Nouvel An, la piscine a fermé. Début janvier, on s'est revus. Il a posé des questions banales, genre : « Le réveillon, ça s'est bien passé ? » J'ai dit : « Je déteste les réveillons mais j'ai pris une bonne résolution : cette année sera une année sans chocolat. » Je lui ai expliqué que je me droguais au chocolat, que j'en mangeais tous les jours. « Et vous allez tenir ? » m'a-t-il demandé. J'ai répondu : « Oui, vous verrez. »

J'en mangeais surtout la semaine de mes règles. J'en mangeais pour oublier ce que j'avais perdu en devenant une femme : le corps lisse, égal d'humeur et de forme, de mon enfance, celui que mes cousins ne craignaient pas, qu'ils rouaient de bourrades au jardin ou épousaient en grande pompe, revêtu d'oripeaux blancs, les jours de pluie. Parfois, en rêve, je le retrouve, ce corps longiligne des jeunes gens qui, dans les tableaux de Jérôme Bosch, se tiennent par la main dans une bulle de verre.

Les jours suivants le sujet de nos brefs échanges continuait d'être le chocolat. On s'arrêtait comme par hasard du même côté du bassin et il demandait : « Vous tenez toujours ? » Au bout d'une dizaine de jours j'ai avoué que non, j'en avais mangé le matin même. « Mais, ai-je ajouté, dix jours sans chocolat c'est un progrès, bientôt ce sera un mois, puis six, un an, puis dix, dans dix ans je serai sevrée. » « Dans dix ans, il sera trop tard », a-t-il dit.

Sur le moment je n'ai pas compris. Mais après, parce que Vincent passait de plus en plus de soirées avec João, je me suis dit que « chocolat » était le nom codé du sexe, du plaisir, de la jouissance, tout ce qu'une femme doit saisir avant la date, fixée par l'homme, de sa péremption. Aussi, quand il m'a proposé de prendre un verre à la cafétéria après avoir nagé, j'ai accepté et commandé un chocolat chaud.

J'y ai pris goût et c'est devenu notre habitude : pour lui un café, pour moi un chocolat. Nous buvions à petites gorgées en regardant les nageurs passer derrière la baie vitrée, comparant à mi-voix leur allure. Un jour il a dit que lorsqu'on approchait, comme nous, de la quarantaine, les années filaient, par conséquent il fallait aller lentement. La phrase était paradoxale, je ne la comprenais pas. Il a précisé : « On peut se tromper jusqu'à quarante ans, après on n'a plus le temps, il faut prendre la bonne décision. »

Le lendemain, il m'a effleurée, dans l'eau, au bord du bassin. Je lui ai jeté un regard neutre et je me suis élancée pour nager. Plus tard, à la cafétéria, il m'a dit : « Votre peau, tout à l'heure, elle a frémi », comme on dit « il a plu » ou « il fait beau ». Le frémissement de ma peau avait pour lui l'évidence de la pluie ou du soleil, quelque chose que personne ne peut contester à moins d'être fou. Ce qu'une fois ressenti je niais lui était parvenu aussi précisément qu'un contact électrique dans l'un des circuits de pointe dont il prenait soin dans les entrailles de sa firme. « *Frémi* ? » ai-je répété sans douceur. La formule me semblait aussi menaçante que banale. J'ai terminé mon chocolat d'un air faussement distrait. Silencieux, il me fixait. « Ange et démon… » a-t-il dit, gravement. C'était un être alchimique, les contraires ne lui faisaient pas peur.

Il ne m'avait révélé que son prénom, un prénom trop courant pour me plaire. Ce jour-là je décidai de l'appeler, intérieurement, *l'homme de l'eau.* Après avoir nagé, il passait sur ses cheveux noirs et bouclés, en guise de peigne, sa serviette roulée, humide. Un geste de grand enfant. Il le faisait en se regardant brièvement dans le miroir tandis que je me secouais le crâne sous l'unique séchoir en état de fonctionner. Les autres étaient sans souffle, quelqu'un avait écrit dessus, au feutre noir : *En panne.*

## 42

Edmond avait dû apprendre à nager dans la Meuse. Sans doute nageait-il par tous les temps sinon il n'aurait pas tenu le choc lorsque, apercevant deux jeunes gens sur le point de se noyer, il plongea dans l'eau glacée. Il devait être aussi sportif que le maître-nageur de la piscine municipale. Son eldorado n'était pas le Canada mais la Saxe où il avait connu l'étudiant colombien qui lui avait offert son portrait photographique. Nageait-il là-bas en compagnie de Gratiniano ? Se couchait-il à ses côtés ? Je continuais à scruter la photo. À qui avait été commandé le costume de mineur ? À quelle occasion ? Le shako de travers, le béguin fémininement lâché, la lampe-collier, la gourde, le curieux récipient ovoïde... De ce mariage d'attributs se dégageait une scène hybride, comme si l'on avait voulu composer un personnage qui, pour tenir de l'étudiant, du mineur et du travesti, n'en disait pas moins autre chose. Même déconstruite, l'image tenait de l'énigme.

Restait à élucider l'objet tenu d'une main tandis que l'autre y plongeait ce qui ressemblait au tuyau d'une pipe. Après avoir écumé les sites de tabatières anciennes, j'en ai trouvé de forme ronde, dites *secouettes*. J'ai peut-être l'esprit bizarrement tourné, mais la combinaison du regard d'Edmond et de la présence de cette chose entre ses mains me faisait penser à un signal érotique.

Étrange comme une obsession attire les coïncidences qui la documentent… J'en étais restée à l'hypothèse de la secouette quand un cousin de Vincent, sachant que je m'intéressais aux minerais, me fit parvenir l'ouvrage qu'il avait rédigé à partir des lettres d'un de ses oncles spécialiste des pollutions consécutives à l'exploitation des mines d'argent et d'étain à Potosí. Après en avoir lu une centaine de pages, une phrase en apparence anodine – « On boit beaucoup de maté en Amérique latine, surtout les fins de semaine » – me fit l'effet d'une révélation. J'envoyai un courriel au cousin en question, avec le fichier de la photo d'Edmond. J'attirai son attention sur la dédicace de Gratiniano Obando et lui demandai de quelle nature, à son avis, était l'objet dans la main du modèle.

La réponse ne se fit pas attendre : il s'agissait d'une « calebasse à maté » et le tuyau qui y plongeait était la « *bombilla* » qui sert à filtrer les feuilles et à en aspirer l'infusion. Sans aucun doute un cadeau personnel que Gratiniano avait rapporté de sa Colombie natale et placé entre les mains de son ami au moment de la photo. Rien ne le reliait aux autres attributs du costume. Il détonnait, placé là comme un message crypté dont la charge érotique m'apparaissait de plus en plus évidente. *Je t'appartiens, tu m'appartiens*, voilà ce que signifiait cet objet allusif. Tout ce qui m'avait manqué chez Vincent, le *Nous nous appartenons* dont j'avais amputé mon cerveau et mon corps, me revenait en boomerang dans ce détail qui, enfin élucidé, confirmait le trouble du regard d'Edmond. La vibration de cette photo, sa puissance et son charme émanaient du mélange d'éléments organisés autour d'un désir interdit.

## 43

Le 21 mars 1862 que faisaient deux individus dans la Meuse ? Étaient-ils en état d'ébriété ? Avaient-ils voulu se suicider ? Leur barque s'était-elle retournée ? Comment décrire ce sauvetage insolite : le choc de l'eau glacée, en sortir un et replonger vers l'autre ? Edmond avait-il pratiqué, comme moi à son âge, la nage en eau libre par tous les temps jusqu'au moment où le souffle coupé et la peur de sombrer se transforment en euphorie, le froid devenu drogue ? Impossible de faire cesser cette joie-là, celle de la lutte contre l'eau froide, la manière dont le sang tempête sous la peau comme un ruisseau sous le gel. L'aimer, ce froid, l'embrasser, vouloir encore et toujours plus de ce supplice merveilleux. Il y a là une fin possible, le corps se refroidissant par paliers, les mouvements se faisant de plus en plus lents tandis que monte le désir de plonger aussi la tête, de pénétrer l'eau par les yeux, les narines, les oreilles, de sombrer. Mais vos proches sont sur la rive, les filles frictionnées vigoureusement par leur père, vous les avez oubliés trop longtemps. De retour à l'hôtel, ce petit hôtel du Donegal où vous passez vos vacances en famille, vous ne parvenez pas à vous réchauffer sous la douche bouillante, votre peau insensible à la brûlure de l'eau réglée au maximum, une température que vous ne supporteriez jamais en temps ordinaire. Vous voilà dans une hypothermie mortelle, rien ne peut plus vous réchauffer, ni douche, ni vêtements, ni nourriture, ni de penser que Vincent vous a une fois de plus empêchée de partir loin, seule, heureuse dans le froid.

Le 15 juin 1865, comment mourut Edmond ? D'une mystérieuse *addiction* ? De quelque jeu dangereux ? L'acte de décès ne laisse transpirer aucun indice. Moi qui ne me saoule ni ne me drogue, bêtement malade de l'avoir tenté une ou deux fois, j'imagine cette nuit sinistre en dérive non pas glacée mais chaude, deux amis restés sur le rivage s'apercevant trop tard que le point de non-retour est atteint, qu'Edmond part, qu'il est parti. La chambre n'est pas aseptisée et neutre comme les chambres d'hôtel d'aujourd'hui, je vois une tapisserie à petites fleurs, un plancher en pin, un lavabo surmonté d'un miroir à l'angle brisé, un édredon grenat sur le lit assez vaste pour que deux proches s'y tiennent aux côtés de l'ami. Et puis deux chaises et une petite table où traîne un brouillon raturé, à peine visible lorsque le jour se lève. Ou bien c'est une tout autre scène. Pietro et Victor Auguste ne trouvent Edmond que le matin, peut-être ont-ils dû forcer la porte, fermée de l'intérieur, peut-être sont-ils venus parce que leur ami ne sortait plus depuis deux jours, peut-être ont-ils trouvé un corps raidi, livide, ou relâché, sali de taches suspectes. Cinq heures, la nuit recule, une lumière blafarde baigne la scène. Où sont partis le chaud, le noir, l'abandon, les jeux, quels va-et-vient ont eu lieu, quelle porte non franchie puis forcée et qui heurte, en s'ouvrant, celui qui ne dort pas, ne dort plus, peut-être plus jamais, sous une lumière si pâle qu'on dirait que le jour se lève en chirurgien légiste ? On ne peut raconter cette mort-là que par sa mise en scène, l'absinthe, le laudanum, la seringue de morphine, les draps souillés, le message inachevé sur la petite table. Les soldats qui meurent au loin invoquent leur mère, Edmond est sur le sol comme un soldat tombé, son ultime prière sur la table, devant la fenêtre dont aucun battant ne pourrait s'ouvrir sans la faire s'envoler comme une aile. Terrible vision, le sol si dur contre l'épaule, la hanche, les pieds nus. Sueur et froid, et ce corps verrouillé qui s'obstine dans la position du dormeur, la barre du petit jour sur la tempe. Et ce ne serait rien si c'était, la saleté, la sueur, le corps tombé, le résultat d'une lutte avec l'ange ou avec quelqu'un, puisqu'il y a deux chaises, qu'il aurait pu y avoir deux corps dans le lit et, sur la petite table, autre chose qu'un brouillon raturé, que cette tentative désespérée de consoler une mère et, avant tout, soi-même. Car tout le dit, le message, le lit vide, l'aube triste qui ne reflète que le triste du dedans : Edmond est parti seul.

Un écrivain en ferait un récit de fiction quand je ne me sens capable que d'interroger la scène absente. Comment approcher ce qui, à l'époque, n'avait même pas de nom ? Le mot *homosexuel* ne fera son apparition que quatre ans après la mort d'Edmond, sous la plume du journaliste hongrois défenseur des droits de l'homme Karl-Maria Kertbeny. Plus tard Magnus Hirschfeld, psychiatre et lui-même homosexuel, militera pour l'abolition du fameux paragraphe 175 du code pénal allemand qui condamnait les hommes aimant les hommes à l'emprisonnement et à la déchéance des droits civiques. J'ai lu de lui *Le Troisième Sexe. Les homosexuels de Berlin*. Il y est question de fêtes et de fraternité mais aussi d'existences abîmées par le rejet des familles, le manque d'enfants, l'exclusion professionnelle et sociale, la solitude. La manière dont Hirschfeld décrit les lieux de rencontre me ramène à ce que Vincent m'a parfois confié : ces rendez-vous de la beauté et de la jeunesse sont aussi ceux du cosmopolitisme et d'un rare brassage social.

Mais ces pages n'éclairent pas seulement la vie secrète de Vincent. Datant de plus d'un siècle, discrètement compassionnelles, elles documentent la tragédie vécue par Edmond. Un paragraphe en particulier me permet aujourd'hui d'imaginer la nuit du 15 juin 1865 dans un hôtel d'Orléans et les affres qui l'ont précédée : « Sans que l'homosexualité en soit toujours la cause directe, il existe une corrélation indirecte entre l'homosexualité et la mort violente. Un officier élevé dans le corps des cadets, soldat dans l'âme, commet un délit homosexuel en dehors du service ; le fait devient public et une révocation brusque en est la suite. Il ne connaît que son métier de soldat. Maintenant il cherche à se placer dans le commerce, il trouve des places, les perd. Sa famille ne veut plus s'occuper de lui. Il reste abandonné, perd toute tenue, cherche des consolations dans l'alcool ou dans la morphine et finalement a recours à l'arme libératrice. Je connais beaucoup de tragédies analogues. Il y a quelques semaines un jeune lieutenant finit de la même façon pour "cause de dettes", dirent les journaux. Mais la cause initiale fut plus profonde, c'était la même aventure que celle citée plus haut : il a succombé à l'homosexualité. »

C'est l'histoire d'un soldat mais on pourrait y voir l'histoire d'un jeune bourgeois qui, banni par sa famille et ne connaissant que son métier d'ingénieur, échoua *à se placer dans le commerce*, chercha *des consolations dans l'alcool ou la morphine* et *finit de la même façon*.

## 44

Le costume de mineur d'Edmond n'est pas fait de la toile résistante en usage pour les ouvriers du fond, il semble coupé dans un tissu chatoyant à l'aspect légèrement froissé. Je vagabonde sur Internet, trouve du taffetas de soie qui me semble assez proche de l'effet produit. La mention de son *aspect sec et craquant* et de son lustre *semblable à celui de l'acier* ne suffit pourtant pas à me convaincre. Ce n'est qu'une possibilité par défaut là où je veux une certitude. J'abandonne ma quête textile. L'essentiel n'est pas là, mais dans le trouble né de l'écart entre le vêtement traditionnel du mineur et sa reproduction.

Vincent est toujours élégant. J'aimais lui offrir des cravates assorties à ses vestons bien coupés. Il m'arrivait d'en nouer une autour de mon col de chemise, devant le miroir de mon armoire à vêtements, et de me rêver en dandy. Un jour, priée à une fête chez un couple d'amis issus du bocal artistique, je leur demandai si Vincent, sans amant pour une fois, pouvait m'accompagner. Retournement de situation agréable : depuis le temps que j'allais partout toute seule, j'espérais retrouver, le temps d'une soirée, le plaisir si rassurant de sortir à deux, voire, peut-être, de danser.

Il s'agissait de venir déguisé. Je n'avais aucune idée, aussi, le soir venu, suivis-je exactement mon envie, de manière modérément excentrique : un tailleur-pantalon et une des cravates de Vincent. Lui, je m'en aperçus à l'instant du départ, s'était montré nettement plus inspiré, et par ma propre garde-robe : jupe plissé soleil, chemisier bouffant sur faux seins maladroits, paupières bleu mésange et rouge à lèvres débordant, perruque platine, enfin, extraite du coffre à chiffons de nos filles. Ce travestissement semblait l'amuser, un peu comme un enfant se déguise. Moi, il me déroutait en balayant l'androgynie discrète dont je faisais mon idéal. En y réfléchissant *a posteriori*, je crois pouvoir dire que ce costume ruinait, en quelque sorte, l'image que j'avais secrètement fantasmée en proposant à Vincent de m'escorter : celle d'un couple d'hommes se rendant chez un autre couple d'hommes. Que ne m'avait-il associée à sa transformation ? « Ça ne va pas avec ta barbe », éludai-je. Il me dit que je manquais d'humour. Vrai, j'aurais pu le prendre plus légèrement, après tout ce n'était pas mon problème.

Mais lorsque nous arrivâmes à la fête, en couple dépareillé, je trouvai l'accueil de nos hôtes décevant et cela redevint, illico, mon problème. Leur attitude, entre distance et désapprobation, me fit penser à celle de Brian nous lâchant dans la jungle de Soho. Cependant, les présentations faites, l'un des deux se tourna vers moi et me dit d'un ton familier, renouant habilement mon nœud de cravate, que le costume masculin m'allait à ravir et qu'il faudrait que je m'habille toujours comme cela. Compliment agréable, mais le soulagement qui aurait dû m'en venir était gâché par son regard sur Vincent, celui que certains gays virils jettent sur ceux qu'ils nomment les *efféminés*. J'en voulais à ces soi-disant émancipés pétris de normes implicitement machistes. Car si, à leurs yeux, j'avais réussi ma mue avec ma cravate et mon tailleur, Vincent, lui, s'était fourvoyé. Décidément, le féminin était partout un problème.

## 45

Vincent et moi avions aussi nos fêtes. Aux yeux de nos amis respectifs nous étions un couple libre aux échanges équitables. Nos arrangements conjugaux, ou considérés comme tels, paraissaient sinon enviables du moins intelligents, dignes d'une admiration qui nous confortait et que nous entretenions par l'organisation d'événements communs dans notre demeure commune.

Ces fêtes ressemblaient à l'apprentissage d'une langue où l'austérité de la grammaire précède l'usage virtuose du lexique. Deux jours durant, je ployais sous la férule de Vincent qui voulait la maison impeccable de la cave au grenier, meubles dépoussiérés, sols astiqués, plats d'argent reluisants, allonges placées à la table, nappes brodées de nos mères, verres en cristal de nos ancêtres, fleurs en bouquets, réserve de vin et deux frigos pleins à craquer. Faire à manger pour nos invités fournirait des restes pour une semaine, c'était sa manière habituelle, perfectionniste, somptueuse. En comparaison, la soirée passait à la vitesse de l'éclair, l'excellence de nos apprêts autorisant le plus grand naturel dans le déroulement des réjouissances. Les amis de Vincent se mêlaient à mes amis, on pactisait, des liens se tissaient, des ennemis se réconciliaient, surpris de se retrouver là alors qu'ils pensaient appartenir à des sphères différentes. Notre voisine âgée, installée comme une reine mère, contemplait avec délectation cette société excentrique, nos filles aux petits soins pour elle puis vaquant, aériennes, pour remplir les verres à la ronde. On mangeait dans le divan, les fauteuils, sur des chaises qu'on déplaçait pour varier les rencontres, au jardin où se balançait sous la brise une guirlande d'ampoules multicolores. Le buffet des desserts finissait par ressembler à un champ de bataille, tout le monde goûtait de tout, on se quittait après minuit, promettant de se revoir dans six mois, dans un an. Chaque nouvelle fête amenait d'autres convives, provoquait d'autres mélanges. Certains découvraient avec stupeur ce que je ne leur avais jamais dit, à savoir que notre couple présumé hétéro vivait marié mais libre, sans aveux ni mensonge, adepte des socialisations multiples et du mélange des genres. La fluidité à l'état pur.

L'amoureux du moment – celui de Vincent – était toujours là, intronisé. Moi, je n'amenais que mes connaissances, préservant un univers que n'aurait compris aucun de mes amants, chacun d'eux s'efforçant, très classiquement, de pulvériser mon mariage sans s'interroger le moins du monde sur la liberté que j'y avais acquise. Quelle autre hypothétique union pourrait m'offrir cette vie-là ? J'avais trop à perdre, ces fêtes, leur euphorie, leur mélange, leur bienveillance, en étaient la meilleure démonstration. La répudiation de l'hétéro-patriarcat au profit de l'imprévu, du bizarre, du refus des assignations, bref, du *queer* (j'adorais et enviais ce mot), était la chose la plus désirable pour une femme élevée comme je l'avais été. C'était cela, notre maison volante : elle avait beau traverser mille turbulences, culbuter sur son axe, se retrouver tête en bas, nous n'en tombions jamais, découvrant chaque jour de nouveaux paysages. Ce n'était plus une vie, c'était un kaléidoscope. Nous n'avions pas besoin, pour nous recomposer, de thérapies conjugales, simplement de ces fragments de miroirs colorés, mobiles, dont chaque secousse imprimée à notre dispositif déconstruisait les figures pour les reconfigurer en de nouveaux tableaux magiques.

Bien entendu il y avait de l'illusion d'optique dans notre émerveillement. Nous avions, Vincent comme moi, nos angles morts. Lorsque j'y basculais, tout me semblait absurde, j'errais dans la confusion avec des pensées suicidaires. Était-il normal qu'une femme de mon âge n'ait accès qu'à la conjugalité *ou* au sexe, jamais aux deux *ensemble* ? Tout était jonglerie, moments volés, écartèlement entre les deux moitiés de moi-même, sans que je parvienne à concrétiser un lieu ou un moment tranquille, une clairière, une accalmie.

Sauf une fois.

Je précise que, incapable d'amener quiconque sur le territoire familial que je considérais comme ma base de repli, je me rendais chez eux, les amants, ou bien nous allions à l'hôtel. Le seul homme, donc, qui vint à la maison ne m'avait jamais invitée chez lui. Je ne savais où il vivait, il n'avait même pas voulu me dire son nom, juste son prénom, nos prénoms nous suffisaient pour nager côte à côte à la piscine municipale. Car oui, c'est lui, l'homme de l'eau, qui réussit à briser mon ostracisme à sa manière simple et directe, un Vincent *bis*, en quelque sorte, mais qui aurait jeté sur moi le regard de désir que j'attendais en affamée. Avec lui je ne me méfiais de rien, même pas du fait qu'il serait à même de me retrouver, voire de me harceler, une fois mon adresse connue.

Nous passâmes un après-midi dans la mansarde, sur mon matelas d'une personne où il m'écrasa de sa corpulence magnifique et de son appétit pour ma svelte anatomie curieusement alliée, avait-il remarqué, à une force peu commune. J'avais hérité de mes jeux brusques avec mes cousins le goût de résister à plus fort que moi, ma puissance se trouvait à son acmé dans ces joutes où j'étais délicieusement perdante tout en gagnant leur admiration.

Après l'amour, nous descendîmes boire une bière au salon. Je posai ma tête sur son épaule, me contentant de regarder le décor familier qui, en dehors des fêtes, me paraissait de plus en plus dépourvu de sens. Je ne m'asseyais jamais dans ce divan où j'avais surpris Vincent et l'un de ses amants un jour où je rentrais des courses. Au souvenir de ce moment humiliant où je les avais vus se rajuster en hâte s'ajoutait le fait que la pièce était trop vaste, sans coins intimes pour la lecture. Une coquille vide. Mais soudain, parce que cet homme investissait tranquillement le lieu et m'y enlaçait comme s'il était chez lui, je me sentis chez moi. La maison ne volait plus, elle se posait enfin sous le poids conjugué et confiant de nos deux corps. « Tu vas partir, me dit-il. Tu vas venir avec moi. »

Je ne sais ce que j'ai répondu. Les filles allaient revenir de l'école. Mes filles, dans ce décor qui, pour elles, n'était pas vide de sens : c'était leur terrain de jeux, d'existence, la maison de leurs parents chéris. J'ai dû être évasive et le charme s'est rompu. Ne subsiste que le souvenir de l'émotion fugitive, riche de sécurité et de tendresse, que j'étais enfin chez moi.

## 46

Dans la théorie mathématique des ensembles, l'intersection de A et de B produit un troisième ensemble qui contient les éléments appartenant aux deux, chacun menant pour le reste une existence séparée. Sur le tableau noir, à l'école, ce territoire idéal se nommait *A inter B*. Mais entre le cercle du mariage et celui de mes amours, nulle interaction : les ensembles restaient disjoints. Dans ce cas on parle d'*ensemble vide*. Le vide en moi occupait la place de la tendresse, absente de mes vies parallèles. Être tendre avec un homme menait directement au sexe addictif et hors-sol, faute de vie commune. Être tendre avec Vincent ne menait à rien, sinon à l'embarras de son côté, au découragement du mien. Je ne sais si je m'exprime clairement. Rien n'a jamais été clair dans cette histoire, à l'exception de la minute dans le divan avec celui que, depuis, j'ai appelé Lomdelo.

Tout devenait clair, en revanche, lorsque écrire prenait la place de cet ensemble vide. Il m'arrivait d'écrire à Vincent pour tenter de clarifier mon angoisse. Je proposais par là, comptant sur sa réponse, un lieu intersectionnel minimal. Quelques lignes par an auraient suffi, un chemin en pointillé, vérifier que nous circulions toujours sous les mêmes étoiles, dans le même hémisphère. Chaque fois que j'obtenais un mot de lui en réponse, c'était sincère et doux, « mon amour » pour commencer, puis des « je regrette de t'avoir blessée, je me rends bien compte de la vie que je te fais mener » qui dégonflaient ma colère sans rien construire ou reconstruire. Des regrets ne constituent pas un lieu d'intersection valable.

Brian, toujours pédagogue, m'avait offert un autre livre : *Portrait of a Marriage*, de Nigel Nicolson. L'histoire vraie, racontée par leur fils, de Vita Sackville-West, qui inspira à Virginia Woolf le personnage d'*Orlando*, et de son mari, Harold Nicolson. Le livre constitue, de l'aveu même de son auteur, « l'histoire de deux personnes qui se marièrent par amour et dont l'amour s'approfondit d'année en année, malgré leur infidélité mutuelle, constante et consentie ». Franchement, j'y ai cru. J'ai cru que cette histoire était celle d'une autre maison volante qui transportait deux êtres à jamais épris l'un de l'autre et deux enfants qui n'en retiraient qu'admiration et joie. Mais, ayant lu et relu ce livre, je peux dire que la grande différence entre le couple Harold-Vita et le nôtre consistait dans l'importance de leur patrimoine, la mise à l'écart de leurs enfants et l'isthme insubmersible de leur correspondance. La vastitude de leurs demeures et leur goût du voyage autorisaient une cohabitation à géométrie variable, des *nannies* s'occupaient de leurs deux fils, et leurs infidélités réciproques leur permettaient d'échanger des lettres aussi prolixes que tendres.

Je n'envie pourtant pas les tribulations que révèle la correspondance intime de Vita et Harold, trop émotionnelle à mon goût. On sent bien qu'il n'y a pas, pour ramener tout cela à une juste proportion, de vaisselle à faire, d'enfant à langer ou de rendez-vous à prendre avec le plombier. Vita, s'apprêtant à partir vivre avec Violet Trefusis, son amante, laisse à son mari une brève liste au cas où « il [lui] arriverait quelque chose ». Cette liste testamentaire – comme si la passion constituait une menace de mort – comprend les points suivants : un chèque en blanc afin que Harold puisse vider son compte bancaire, l'assurance que les loyers de leur demeure londonienne ont été réglés, que les gages du jardinier de leur propriété de Long Barn ont bien été payés et, pour finir, la demande que Harold soit l'« exécuteur littéraire » de l'œuvre de Vita. Pas un mot concernant leurs deux fils, ni même un chien, un cheval, des victuailles oubliées, une fuite d'eau sous l'évier ou un rosier attendant d'être planté. De tout cela des mains invisibles prenaient soin.

« Nos parents étaient au loin et dès lors admirables », signale Nigel. Nos filles n'ont pas été à ce point tenues à distance. S'il ne me revient pas de mesurer les traumatismes qui leur furent infligés, j'ai assez de preuves des prouesses d'adaptation dont elles se rendirent capables. Il est donc peu probable qu'après notre mort elles déclarent, comme le fit Nigel Nicolson, que « cet amour fit d'un non-mariage un mariage qui réussit au-delà de leurs rêves ».

Vita et Harold s'écrivaient sans cesse, brodant sur le motif de l'indissolubilité de leur lien en dépit de leurs aventures extraconjugales. Écrire était la forme donnée à leur existence commune. Non une maison volante zigzaguant entre les obstacles mais une grammaire, une syntaxe, un lexique et le rythme des phrases. Vincent et moi, croisant et recroisant nos agendas, vaquant de manière accélérée à l'organisation de nos doubles vies, tentant de préserver nos filles, n'avions ni le luxe des voyages ni le luxe du temps pour un échange qui excédait les dispositions pratiques de nos allées et venues compliquées. De toute façon notre génération n'écrit plus. Voilà pourquoi, à défaut de destinataire, je cherche chez les Nicolson les mots que je ne puis obtenir de Vincent. « Dis seulement *Vita chérie* et laisse-moi inventer d'après ton silence ma propre conviction » : supplique de Vita à Harold recopiée dans mon cahier de l'époque.

## 47

Au fil de mes cahiers, je retrouve parfois des rêves érotiques. Curieusement, je n'y fais l'amour qu'avec des femmes. L'orgasme vécu dans le sommeil me vient d'un double féminin tandis que les apparitions masculines, toujours prémonitoires – elles précèdent de quelques semaines l'irruption d'un nouvel amour –, sont mystérieuses, intouchables, comme si ne pouvaient me séduire que les êtres qui me permettent, *d'après [leur] silence*, comme aurait dit Vita, d'*inventer ma propre conviction*. Ma conviction, ma non-conviction plutôt, reposait sur le silence de ces hommes de rêve qui se taisaient sans agir. Le bilan de mes amours passées en est l'illustration limpide : rien, jamais, ne m'a décidée à *refaire ma vie*, selon l'expression consacrée. Pourtant j'ai aimé très concrètement ceux qui sont venus à moi. Nous avons mis en place des dispositifs d'apprivoisement d'une vie commune, chacun d'eux tentant de me persuader que j'étais la compagne idéale tandis que je tentais, moi, de me persuader que j'avais enfin trouvé le compagnon rêvé. J'installais peu à peu mes petits objets çà et là, repeignais une chambre, offrais un tapis, une cafetière italienne, plantais un rosier grimpant. Pour autant moi aussi je me taisais sans agir. Leur dire « mon amour » m'était impossible, l'expression étant à Vincent réservée. Je ne me décidais pas non plus à échanger une vie pour une autre. Était-ce pour la raison qui avait désespéré l'unique amoureux masculin de Vita, le chevaleresque Geoffrey Scott, à savoir le fait d'être incapable de rivaliser avec Harold ? Vincent était-il *trop* exceptionnel ?

Peut-être. Mais pas seulement. Il me semble aujourd'hui que la véritable raison de ce que certains pourraient prendre pour de la lâcheté ou la simple peur du changement s'apparentait davantage au « *I would prefer not to* » du Bartleby de Melville. Bartleby était un employé de bureau qui passait ses journées à recopier des documents, et moi j'avais été formée dès l'enfance à recopier des modèles féminins éprouvés. Invitée par mes amoureux à poursuivre sur la voie du « couple normal » (selon leur expression), je me dérobais. Ce n'était pas un refus affirmatif, rien ne se disait vraiment. C'était tout mon corps qui, un jour ou une nuit, disait « Je préférerais ne pas ». Et ce refus s'adressait moins à celui qui m'aimait au point d'enrager de mon inexplicable retrait qu'à ce que l'on exige des femmes dans le couple dit *normal*. Le modèle, tout simplement, ne me convenait pas. Cependant, par besoin de protection, pression sociale et lavage immémorial des cerveaux féminins, je continuais à en rêver à chaque nouvelle rencontre. Peu à peu je finissais par ressembler à Bartleby campant sur les lieux de son refus et s'y laissant mourir. Chaque rupture me plongeait dans un vide abyssal. J'étais partie à l'attaque du bonheur, il s'écroulait comme un château de cartes. Mes retours vers Vincent, ce mouvement perpétuel d'un balancier schizoïde, creusaient un découragement qui s'aggravait avec les ans. Mes fantasmes de suicide devenaient de plus en plus précis (la corde, non ; une arme, je me raterais ; les médicaments, trop risqué ; la voie ferrée, trop sanglant ; la Meuse en hiver, oui). Je me disais, désespérée : Qu'ai-je *en moi* qui ne va *jamais* ? Si seulement je trouvais *le bon* !

Ce qui n'allait pas c'était que *le bon* était toujours Vincent. À cause de sa bonté, précisément. Sur les sites de rencontre qu'il m'arrivait de consulter, les célibataires de mon âge m'apparaissaient égocentriques, toujours en quête d'une chair plus fraîche que la leur. Quant aux connivences possibles, comment les réveiller lorsqu'on doit, au préalable, remplir une grille de questions du genre : « Aimez-vous mieux les restaurants chics ou les pizzerias ? Les vacances à la mer ou à la montagne ? Les cabriolets ou les 4 × 4 ? Le cinéma ou le bowling ? Le cocooning ou le dancing ? » Pourquoi la lecture n'était-elle *jamais* mentionnée ? Les sites de rencontres homosexuels étaient-ils aussi bêtes ? J'imaginais que le monde de Vincent devait être plus excitant. Les statistiques le confirmaient. Une étude du Kinsey Institute réalisée sur un échantillon de 53 000 personnes révélait que, là où les hommes, hétéros ou homos, atteignaient respectivement l'orgasme dans 95 % et 89 % des cas, les lesbiennes avaient plus d'orgasmes que les hétérosexuelles, à raison d'une fréquence de 85 % pour les premières et de 65 % pour les secondes. Toujours en queue de peloton, ces bonnes femmes hétéros chargées depuis la nuit des temps d'enfants et de routines qui les laissent exsangues à l'heure de jouer les hétaïres domestiques. Combien de siècles encore devrons-nous nous excuser ? À peine émergeons-nous de l'inconvénient d'être nées femmes que le reproche d'hétérosexualité nous est jeté dessus comme une tunique de Nessus.

Un cauchemar m'a sortie du lancinant retour vers l'idéal du couple. Il a été précédé d'une semaine au lit en raison d'un lumbago qui était de la douleur pure, symptôme classique de mes conflits intérieurs : je prétendais être libre et chanceuse, en réalité j'en avais plein le dos de cette vie coupée en deux. Vincent m'apportait à manger dans mon lit. Il agissait en sauveur comme d'habitude, mais je ne voulais plus être sauvée, je voulais mourir et je le haïssais pour la tisane au miel et l'assiette garnie.

Au bout de quelques nuits, donc, torturée d'insomnies, je fis ce cauchemar : *Vincent et moi devons jouer le rôle d'un couple marié dans une pièce de théâtre. Tandis que Vincent se tient en retrait, comme étranger au débat, je me traîne aux pieds du metteur en scène en pleurant et criant : « Je ne veux plus jouer ce rôle, il ne me convient pas ! » En vain. Le metteur en scène demeure inflexible.* Ayant pleuré et crié en songe, je me réveillai le lendemain complètement guérie de ma douleur dorsale. Quant à celui qui, dans le rêve, se taisait et qui, dans la vie, prenait obstinément soin de moi, il ne perdait rien pour attendre : par la vertu de ce cauchemar j'avais déjà divorcé.

## 48

À la réflexion, divorcer n'était pas le sujet. Le rêve disait autre chose : le mariage était un rôle, une *mise en scène* imposée et qui ne me convenait pas. Les filles devaient se marier, c'était leur destin, leur assurance-bonheur, l'équation sans inconnue qui réduisait à rien toutes leurs autres ambitions. Dans l'antichambre du mariage, sur le conseil de ma mère, je m'étais inscrite dans une école de secrétariat. Les garçons, eux, étaient orientés vers les facultés de droit, de sciences politiques ou les études d'ingénieur, bref, les deux ou trois filières destinées à faire d'eux des chefs de famille au salaire adéquat.

Issu d'une lignée d'industriels, Edmond n'avait d'autres choix que de devenir ingénieur des Mines. Quel étudiant fut-il ? Si je m'en réfère à mon propre effacement lors des années que j'ai passées sur les bancs de l'université, alors massivement dominée par l'aréopage masculin, je pencherais plutôt, s'agissant d'Edmond, pour une discrétion comparable. Son portrait en uniforme le dit : timidité et fausse assurance. La photo en mineur, plus décontractée, conserve cette aura d'incertitude qu'il m'est tentant d'attribuer à un flottement identitaire avéré ou anxieusement pressenti. Qu'en était-il de la condition des invertis en Belgique au dix-neuvième siècle ? Les lois pénalisant l'homosexualité étaient allemandes et anglaises. Magnus Hirschfeld, qui militait pour l'abolition du paragraphe 175, y serait peut-être parvenu sans la montée du nazisme et les menaces dont il fut l'objet après avoir fondé à Berlin, en 1919, son Institut de sexologie. Invité à prononcer une série de conférences aux États-Unis en 1931, il ne retourna jamais en Allemagne. Le 6 mai 1933 les nazis pillèrent l'Institut et brûlèrent les archives. Hirschfeld mourut d'une crise cardiaque à Nice en 1935, le jour de son soixante-septième anniversaire. Le paragraphe 175 subsista jusqu'en 1994 après avoir été utilisé par les nazis pour déporter et exterminer ceux que l'on désignait par le triangle rose. En France, sans plus faire l'objet d'une criminalisation – la Révolution étant passée par là –, l'homosexualité était considérée comme une dégénérescence au sens médical du terme, de sorte que la police faisait interner les invertis avec l'aide d'indicateurs de tout poil et la bénédiction des psychiatres. À Bruxelles, « probablement la ville européenne où les établissements homosexuels sont le plus nombreux », selon le périodique allemand *Jahrbuch für sexuelle Zwischenstufen* (1901), les poursuites étaient rares et le débat pour ainsi dire absent, contraste qualifié de « paradoxe belge ».

Élargir mes recherches en cercles concentriques serait tentant si l'excès d'informations ne tuait la musique. Elle n'est pourtant pas l'apanage des romanciers ou des poètes, il arrive que les scientifiques aient eux aussi des phrases qui dansent. « C'est une supposition fort défendable que ceux qui se trouvent différer de la majorité sous une forme si peu enviable se portent, consciemment ou inconsciemment, en des lieux où, dans la foule ondoyante et diverse, il leur est possible de vivre plus obscurs et, par conséquent, plus tranquilles », écrit Magnus Hirschfeld. Le rythme de la phrase – *consciemment ou inconsciemment, ondoyante et diverse, plus obscurs et plus tranquilles* – illustre les avantages de la ville opposée à la campagne. Bruxelles n'est pas Berlin mais c'est là que Vincent a cherché à faire des rencontres, dans les saunas, les bars, les clubs, ou, par beau temps, dans certains lieux ombragés et discrets. Lorsqu'il revenait à la maison, dans cette banlieue agreste où, à l'exception de nos propres fêtes, je me trouvais isolée de toute vie sociale, il m'en faisait le récit avec émerveillement. La scène obscure qu'il fréquentait était celle d'un brassage *ondoyant et divers.* Le mécanicien y côtoyait le fonctionnaire européen, le garçon de café le directeur des ressources humaines, l'étudiant sud-américain le globe-trotter anglais, le professeur d'université l'employé municipal. Tous parlaient la même langue, celle du silence et des caresses furtives.

Je pense avec nostalgie à Thomas, qui aurait adoré spéculer avec moi sur l'attirance supposée d'Edmond pour un milieu très différent du sien. Les lieux de rencontre clandestins, lui aurais-je expliqué, offraient, en un siècle socialement cloisonné, la possibilité de liens échappant à l'endogamie des familles bourgeoises où les hommes étaient mobilisés par les mêmes conseils d'administration et les mêmes chasses au fil de rituels immuables et de décors constants, murs ornés de trophées, lustres et portemanteaux en bois de cervidés, têtes empaillées à tous les étages, sans compter les recettes de gibier mariné et les femmes en cantinières ou porteuses de fusil. En aurions-nous conclu ensemble que la présence de Pietro Gallici, jeune artiste modeleur, attestait de la réalité des attirances d'Edmond ?

Thomas, ex-chasseur que ses passions érudites avaient sorti du lot, était parti trop tôt. Que n'avais-je, le sentant décliner, mené mes recherches au grand galop au lieu de boucler d'autres travaux prétendument urgents ? Si j'avais été plus rapide à rassembler ma documentation, plus ardente à raviver sa curiosité au lieu de me laisser intimider par l'aggravation de son mal, aurais-je retardé l'heure de sa mort ? C'était grâce à ses prospections sur la Toile que je savais que Pietro Gallici avait quitté l'Italie pour l'Allemagne où il était devenu « chauffeur ». C'était encore Thomas qui avait corrigé ma tendance à l'anachronisme. Non, Pietro Gallici n'avait pas véhiculé mon ancêtre dans les paysages de Saxe comme Alfred Agostinelli avait baladé Proust dans son taxi pour visiter la Normandie. Edmond était sûrement arrivé à Freiberg en train à vapeur, l'automobile en étant aux balbutiements, et un *chauffeur*, à l'époque, c'était l'homme qui alimentait la chaudière de la locomotive. Il reste que Proust avait survécu à Agostinelli et en avait fait son Albertine, tandis qu'Edmond était mort avant son ami qui fit ensuite carrière comme *directeur de théâtre*, rien de moins. En somme Pietro avait gravi les échelons qu'Edmond avait, lui, dégringolés. Voilà de quoi j'aurais parlé avec Thomas avant que son cercueil soit englouti sous une marée de bouquets, de couronnes et de gerbes là où, quelques mois plus tôt, déferlaient les eaux souillées de la Vesdre.

## 49

Il y avait, dans le réfrigérateur, une tarte au fromage, un plat de lasagnes fraîches, un ballotin de truffes au chocolat et un sac bourré de petits artichauts violets. Quand je lui demandai d'où provenait cette soudaine abondance, Vincent me dit que João lui avait donné tout ça pour moi et que dans la voiture se trouvait encore un gâteau trop grand pour notre petite famille, aussi comptait-il l'apporter le soir même à l'anniversaire d'un ami. Il ajouta que João, qui était cette nuit-là de garde, préférait qu'il ne se rende pas sans moi à l'anniversaire en question.

Les vivres avaient été achetés chez un traiteur italien connu de João. Le souhait de ma présence comme chaperon à la soirée d'anniversaire venait, non sans raison semblait-il, de sa jalousie. Je réfléchissais à tout cela en contemplant les victuailles avec un brin d'agacement, leur abondance menaçait de faire exploser le réfrigérateur familial.

Je n'aperçus le vin que le lendemain, à l'évidence un bon cru. L'étiquette était cernée par un double filet doré. Au centre d'un médaillon bleu nuit décoré d'une portée musicale où dansaient des croches et des noires, on pouvait lire « Notturno », appellation qui convoquait Chopin, Schubert ou le répertoire sentimental de Riccardo Cocciante :

*Cercami come ti cerco*
*Come io ti chiamo*
*Come io ti amo*
*Come amo te.*

Vincent était déjà parti au bureau malgré une nuit plus que brève. Je ne l'avais pas accompagné la veille à la soirée d'anniversaire, arguant de ma fatigue. En réalité, tous ces hommes ensemble, ces surdoués de la fête, c'était fascinant et puis décourageant. Ils étaient tous beaux et dansaient comme des dieux. S'il y avait un individu moins brillant, il se fondait dans la masse tandis que moi, j'étais un peu trop visible, oie au milieu des cygnes. Leurs rires, leurs danses, leurs déhanchements, leurs câlins en public, je n'y participais en rien, seul objet non désirable et par là même encombrant, empêchant Vincent de s'amuser comme il l'aurait voulu. Pour une symétrie parfaite et un confort à l'avenant, il eût fallu que je fusse lesbienne. La vraie différence entre notre couple et celui de Harold et Vita, leur biographe de fils m'en fournissait la clé : « Il est heureux qu'ils aient eu tous deux ces mêmes tendances. Si l'un d'entre eux seulement avait été ainsi, leur mariage se serait sans doute effondré », écrit Nigel. Lui et son frère ne virent jamais leur mère partir pour un autre, leur père pour une autre. Là où l'homosexualité de Vincent amenait à nos filles des grands frères exotiques, mon incorrigible hétérosexualité, lorsqu'elle me déportait vers un autre homme que leur père, constituait une menace immédiate et concrète. Dès lors, ne pouvant, contrairement à Vita, abriter mes amours à Paris ou Venise en laissant les enfants à la charge d'un personnel dévoué, je faisais preuve d'une discrétion si obsessionnelle qu'elle en devenait brutale. Si par malheur mes amoureux faisaient mine de s'intéresser d'un peu trop près à mon autre vie, je restais des plus évasives.

Je me souviens avoir repris courage en apercevant le Notturno sur la table de la cuisine. Ce vin presque noir, à l'étiquette musicale, au nom crépusculaire, plaçait mon réveil morose sous le signe de l'attention personnelle puisque Vincent ne buvait pas. Ayant compris que j'étais une cuisinière négligente, João me comblait de cadeaux culinaires, non pour s'attirer mes bonnes grâces mais parce qu'il m'aimait aussi, il nous aimait tous les deux. Grâce à lui et à ses attentions nous renouions avec ce qui avait fait dire à Brian que nous étions un *couple étonnant*. J'aurais voulu suspendre ce joli moment, faire du Notturno le blason d'une ère durable, mais je craignais que la situation ne se dégrade. À l'instar de tous ceux que Vincent choisissait plus jeunes que lui, João nous avait pris comme famille de substitution. Je ne voulais pas être témoin un jour de sa souffrance ni des raisons de

Vincent pour acter leur séparation. Je ne voulais pas qu'il débarque chez nous après, cadavérique et muet, comme l'avait fait Jérôme pour ne pas se pendre dans son logement solitaire. Je ne voulais pas que les filles en soient profondément ébranlées.

En goûtant mélancoliquement ce vin léger et sombre, je me dis une fois de plus que notre couple constituait un piège pour ceux qui nous approchaient. Disant « ceux », j'inclus les hommes qui m'ont aimée. Non qu'ils fussent jeunes et vulnérables comme les amoureux de Vincent, mais plutôt, à leur âge qui était aussi le mien, en quête d'un nid d'amour durable que j'étais bien incapable de leur procurer. Aussi m'en voulaient-ils beaucoup.

## 50

Je suppose que Lomdelo m'en a voulu aussi mais il n'était pas du genre à faire durer les choses. Mon nageur préféré était électromécanicien, il faisait partie des individus pragmatiques : une connexion marche ou non, et si la panne résiste il faut changer l'installation.

Le jour où il n'apparut pas à la piscine, je me dis qu'il était malade. Ou qu'un de ses deux fils l'était. Après tout il était en train de se séparer de sa femme et la garde des enfants lui revenait souvent. Je me rendis compte que j'ignorais son nom mais aussi son adresse. Il m'avait demandé si je ne craignais pas que Vincent me fasse suivre par un détective privé. Cela m'avait paru si absurde que j'avais ri, étonnée : ne comprenait-il pas quel genre de vie était la nôtre ? Plus tard j'ai supposé qu'il appréhendait d'être repéré en ma compagnie alors que son divorce n'était pas encore prononcé. Il raisonnait comme un hétéro, j'avais tendance à l'oublier.

Ce midi-là, premier midi de son absence, quelques femmes s'essayaient au crawl : elles soufflaient et riaient fort, occupant, à l'agacement général, toute une partie du bassin. Je pensais à Lomdelo, à sa manière de se faire de la place en se dirigeant vigoureusement vers les groupes de nageurs avec la ferme intention de ne pas dévier de sa trajectoire. J'eus un mauvais pressentiment.

Le lendemain il n'était toujours pas là et toutes les douches étaient froides. Le maître-nageur me parla du conseil d'administration qui ne se décidait pas à payer pour que soient refaites les douches et les cabines où manquaient tant de miroirs et de verrous. Il me fit signer une pétition qui réclamait la remise en état. « Il faut se battre, on est tous déprimés », me dit-il.

Je nageai comme un automate, en brasse coulée. Chaque fois que mon visage émergeait je fixais la fresque de céramique représentant des vagues turquoise dont se détachaient trois mouettes de tôle blanche. La plus grande semblait voler exactement en direction de l'horloge murale dont les aiguilles étaient arrêtées. Je ne l'avais pas remarqué quand je nageais aux côtés de Lomdelo. S'il n'y a quand même rien après le temps de l'horloge, sinon notre propre mort, pourquoi n'était-il pas là, avec ses longs cils dégoulinants et sa carrure de dieu grec ?

Une fois, à la cafétéria, il avait cherché l'heure à mon poignet, puis il m'avait mordue doucement, à l'endroit du pouls, sans me quitter du regard. Y repenser m'angoissait : était-il sorti du temps pour toujours, sa voiture écrasée contre un arbre, ou bien avait-il changé de piscine pour avoir la paix, nager en suivant sa ligne, nager comme on fuit le désordre ? Moi aussi je m'étais méfiée du désordre, disposant mes balises en réponse à ses questions qui semblaient tomber du ciel : « Comment vois-tu ton avenir ? » « Je veux vieillir avec Vincent. » Cela m'était venu comme ça, sans réfléchir. Il avait répliqué avec calme : « C'est ce que tu veux maintenant. »

Une autre fois, en réponse à je ne sais plus quelle question, je lui avais lancé : « Tu veux un rêve ? » comme j'aurais dit : « Encore un café ? » Il avait ri et j'avais vu resurgir sa fossette, son résidu d'enfance. J'avais choisi un songe qui ne concernait personne en particulier, qui parlait de montagnes plongées dans la nuit et d'un lac au bord duquel se tenait un ours, un ours qui aurait pu être lui, avais-je soudain compris sans oser le lui dire. Il avait alors murmuré, comme si, en effet, il se trouvait dans mon rêve : « Avancer dans le noir sans savoir où on va. »

Il ne se souvenait pas de ses propres songes. « Ce doit être passionnant de pénétrer ce monde-là », m'avait-il dit gravement. Moi, je profitais égoïstement de son attention, par plaisir d'entrer devant lui dans mes visions nocturnes. Mais peut-être n'était-ce pas égoïste. Peut-être les rêves sont-ils un langage plus vaste, plus profond, plus haut que nos tâtonnements amoureux. Il avait écouté le mien avec grand intérêt. Son attention, ensuite, avait semblé s'écarter de ma personne pour se diriger vers une porte qui s'ouvrait en lui-même. À cause de ce regard soudain pensif, j'avais noté que ses longs cils étaient irrésistibles et j'avais eu envie de lui crier « Oui, oui pour la vie ! », parce qu'il me le demandait plus fort que Vincent, qu'il me le demandait avec la toute-puissance du rêve. Le fait que je ne connaisse pas son nom, ni lui le mien, n'avait aucune importance. Nous nous aimions à la manière d'Orlando et de Sasha, la princesse moscovite qui avait séduit le jeune lord sur la Tamise gelée : « Quelques minutes plus tard ils se fiancèrent [...] et il ne resta plus qu'à compléter des détails aussi insignifiants que leur nom, d'où ils venaient et s'ils étaient pauvres ou riches. »

Commença la seconde semaine de son absence. Je lui parlais silencieusement en nageant, en me rhabillant, en allant aux courses ou chercher les filles à l'école, mais surtout à la maison, quand Vincent était là et que nous vaquions chacun à nos occupations. Comme s'il me fallait la présence de Vincent pour que l'imagerie se mette en marche. Tout un cinéma, ce qui serait arrivé si Lomdelo était resté, ce qui pourrait arriver s'il revenait, ce que le hasard pourrait provoquer, ce que je pourrais faire pour le retrouver en visitant toutes les piscines des communes avoisinantes entre midi et quatorze heures ou en piétinant devant sa firme à l'heure de la sortie des bureaux. Je saisissais le moindre prétexte pour passer devant les barrières de l'usine. J'observais le gardien dans sa guérite, les voitures qui ralentissaient, les conducteurs qui tendaient leur laissez-passer. Combien de chances sur mille de le croiser un jour ?

## 51

Pendant ce temps, il y avait du tirage entre João et Vincent. Vincent me confiait qu'ils avaient de longues et difficiles discussions. João déplorait que, lorsqu'il disait à un homme « je t'aime », cet homme disparaisse. « C'est un cercle infernal qui ne se brisera jamais, je suis habitué, tu peux partir », aurait-il déclaré. Dans son désarroi, Vincent m'avoua : « J'en ai marre de passer à côté de toi. Mais je ne pourrai pas changer. C'est plus fort que moi. » Il me remit alors, comme si cette lecture m'était plutôt destinée, un ouvrage ésotérique que João lui avait offert lors de leur dernière soirée. Au lit, avant de m'endormir, je l'ouvris au hasard et tombai sur un chapitre intitulé « De l'interprétation des signes ». Dans la marge était tracé à l'encre rouge, en capitales, ce que j'identifiai comme un message de João : « Si tu le veux ainsi, je m'incline. Pars. Et si nous nous croisons un jour, je ferai semblant de ne pas te voir, mais mon cœur battra fort, et je te parlerai dans ma pensée comme je parle à Dieu, et avec ma pensée aussi j'irai embrasser ton front. Je t'aime tant que je pourrais t'écrire tous les jours. » À l'évidence ce message était destiné à Vincent mais je fus frappée par la manière dont les mots que je ne pouvais pas dire à Lomdelo me parvenaient par ce biais.

Je suis retournée à la piscine, encore et encore. En arrivant je scrutais les voitures garées. Le soleil faisait luire les carrosseries, l'air était tiède, plus que quelques jours avant le printemps. Je m'étais donné jusqu'au 21 mars pour continuer à espérer. Je m'engouffrais dans les vestiaires, sentais qu'ils étaient vides de sa présence, le bassin de natation aussi. Un homme coiffé d'un bonnet jaune nageait le crawl aussi rapidement que lui. Je l'observais tout en sachant qu'il s'agissait d'un autre, mais je voulais élucider ce que Lomdelo avait de plus. Le mouvement des bras de celui-ci n'avait rien de magnétique, il était simplement correct comme la majorité des mouvements de la majorité des gens. Je n'avais pas envie, comme avec Lomdelo, de rester indéfiniment suspendue à la seule main visible tout en sachant qu'elle devait replonger pour que la nage continue. Je n'aspirais qu'à me laisser couler par le fond avec, en moi, le souvenir de ce geste disparu.

Quelques jours plus tard, Vincent m'a dit, attendri, que João avait joué au ballon avec les filles au jardin. Il était si affectueux, si gai ! « Vous vous aimez encore ? » ai-je demandé. « Oui », a-t-il répondu simplement. Puis il a ajouté : « L'autre soir, je pensais avoir de bonnes raisons de rompre. » M'est alors revenue une phrase que Lomdelo m'avait lancée lorsque je lui avais expliqué notre genre de vie : « Moi, je ne pourrais pas partager. » Était-ce cela, la cause du désespoir de João ?

Le partage a repris. João a recommencé à m'apporter des fleurs et des bougies parfumées et les filles à dessiner « Vive João » sur des banderoles de papier. Si Lomdelo était venu, personne n'aurait sorti une banderole. Les enfants ont peur quand un homme rend visite à leur maman.

Il avait deux fils, du même âge que mes filles. « Dans dix ans, on les mariera entre eux, en attendant, si on leur faisait un petit frère ? » m'avait-il dit le jour où j'avais accepté de faire un tour au parc après avoir nagé. Moi, affolée : « Non, pas de bébé, surtout pas ça ! » Nous étions assis sur un banc placé sous un abri en forme de pagode japonaise. Un escalier, à côté, dégringolait vers le lac. Lomdelo avait contemplé l'eau en silence tout en pianotant sur mon jean de sa main droite posée sur ma cuisse gauche. Il me touchait comme s'il m'avait faite, bel ordinateur à son usage personnel, et moi j'avais envie de lui signifier que des milliers de réponses attendaient en chacun de mes pores, de mes muscles, de mes nerfs. C'est alors qu'il avait redit, les yeux au loin : « À quarante ans, il faut savoir se décider. » Pour lui, c'était facile. Sa femme, il l'avait déjà quittée et j'étais là, moi.

J'en avais parlé à Vincent dès le lendemain. « Pourquoi pas un bébé avec lui ? avait-il réagi. Tout peut arriver du moment qu'on en parle. Ce que penseront les gens, on s'en fiche. » Je l'avais regardé comme s'il était fou. Je ne comprenais pas qu'il était simplement fou de João et que c'était une manière parmi d'autres de me dire : « Sois heureuse, fais ta vie et laisse-moi la mienne. »

## 52

Le 21 mars est arrivé. Ce jour-là, la piscine était bondée. J'ai plongé sans même chercher un couloir et la place s'est faite comme par miracle, il n'y avait plus personne sur mon chemin. J'observais ma respiration, la mobilité de ma cage thoracique, le jeu de mes muscles, leur amplitude. Puis je me suis arrêtée au bord de la grande profondeur, les pieds posés sur la saillie prévue à cet endroit tel un étroit parapet face à un précipice. Je regardais vers le fond qui semblait proche à en être touché de l'orteil, pourtant il était écrit sur le bord : « 3 m ». Le fond était loin, exactement sous moi. Partout ailleurs il remontait en pente douce comme une colline. Mais sous mes pieds, c'était l'à-pic. J'avais beau, sur la saillie, me déplacer vers la droite, vers la gauche, le précipice me fixait comme ces visages d'icônes peints avec un art si subtil que leurs yeux semblent vous accompagner où que vous vous trouviez. Tant que je nageais, je ne remarquais pas que le gouffre me suivait.

Le temps d'une dernière longueur, les enfants sont arrivés. Ils se sont assis sagement les uns à côté des autres sur la banquette, leurs brassards orange soigneusement gonflés. Une brochette de corps dodus et de brassards alternés, aussi appétissants que des petites saucisses séparées par des morceaux de tomate. Devant eux, le maître-nageur dans sa chemise de bûcheron. D'habitude il restait assis sur sa chaise et faisait un signe à mon intention pour me signaler qu'il était temps de partir, que c'était l'heure des écoles. Ce jour-là, il s'est avancé au bord, là où arrivait ma trajectoire. J'ai sorti la tête de l'eau :

« Bonjour. Pas de projets canadiens ?

– Justement, je pars à la Martinique, dans un mois jour pour jour. Tiens, vous n'avez pas maigri, vous ?

– Oui, j'ai décidé que ce serait une année sans chocolat.

– Vous avez raison, le chocolat, ça sert à rien, c'est plein de cholestérol. »

Il s'est accroupi à hauteur de mon visage afin de poursuivre ce passionnant échange. Alors j'ai dit :

« Il y avait un homme, assez fort, avec une barbe – vous vous souvenez ?

– Ah oui, le gros. Il ne vient plus, on dirait.

– Nous avions des conversations amusantes sur le chocolat. Il en était fou, lui aussi. »

Dans les vestiaires, on avait remplacé les miroirs et les serrures cassées. Tous les séchoirs fonctionnaient. J'ai secoué la tête sous l'air chaud, remué, détendue, mes pensées. Sont entrés d'autres enfants, deux par deux, qui accéléraient le long du couloir, excités par le désir de l'eau. Je n'étais qu'un corps vidé de cette tension, immobile contre le mur. Ils m'ont ignorée jusqu'à ce que leur course les ait portés au-delà des séchoirs. Alors ils se sont retournés, m'ont souri, radieux, ont souri à la grande ombre hochant la tête, les cheveux frémissants.

# 53

Edmond continue de m'obséder. L'annonce mortuaire m'a appris que lorsqu'il est mort son père n'était plus. Alphonse était passé de vie à trépas à l'âge de soixante-quatre ans, le 8 mars 1863, un an après le plongeon héroïque de son fils dans la Meuse et cinq mois avant l'hommage officiel de la Ville de Liège. Difficile d'imaginer quelle était la nature du lien entre ce père, gestionnaire du patrimoine de son épouse, et son aîné qui avait signé, depuis Freiberg, « ton fils dévoué ». La seule chose que je sais c'est qu'Edmond a fait *beaucoup de chagrin à sa mère*. La formule ne mentionnant pas son père, le bannissement a peut-être été postérieur à la mort d'Alphonse.

Sachant que je traque le moindre indice relatif à Edmond, ma sœur s'est plongée à son tour dans les archives, négligeant les malles métalliques que je lui assurais avoir consciencieusement explorées pour s'intéresser à un carton rempli d'actes notariés abandonné dans un coin du grenier. À l'époque de mon inventaire, j'avais, après un bref coup d'œil éreinté, failli le jeter, me disant qu'une famille aussi nantie autrefois de terrains et maisons avait forcément accumulé plus de titres de propriété et de règlements de succession que nous n'aurions pu en absorber à l'ère où tout s'était transformé en lotissements, centres commerciaux et routes. Lorsque ma sœur m'a remis la lettre qui concernait les dettes d'Alphonse, ma première réaction a été de m'étonner que notre père, à supposer qu'il l'eût extraite du fatras d'actes divers, n'y ait pas fait allusion dans son livre. Faut-il qu'à chaque génération un document se perde, fil échappé d'une étoffe usée, remise dans ses plis, retournée au sommeil ?

Cette feuille mince, noyée dans des liasses en jargon juridique, n'est ni adressée ni datée ni signée, raison peut-être pour laquelle elle flottait là, exilée des dossiers nominatifs constitués à grand labeur par notre père. À moins qu'il n'ait voulu disperser cette trace par égard pour sa belle-famille, d'une susceptibilité épidermique dès qu'il était question d'une seule ombre au tableau ? Intitulée simplement « Note confidentielle, à qui de droit », la lettre commence abruptement :

*Vous savez comme moi et mieux encore que moi que le pauvre Alphonse avait furieusement ébréché la fortune de sa femme après avoir complètement dissipé la sienne, sans que dans toutes les investigations que nous avons faites, il nous ait été donné d'expliquer ni de comprendre dans quelles spéculations il avait pu aventurer et perdre des capitaux aussi importants. À sa mort, Mme Adrienne ne voulut pas que le public fût initié aux désastreuses affaires de son mari, et quoique en réalité sa succession fût obérée bien au-delà de sa valeur, ses enfants acceptèrent purement et simplement cette succession, sachant que leur mère ne les obligerait pas à lui payer ce qu'elle avait le droit de réclamer. Mme Adrienne se chargea de tout payer au moyen de la réalisation de l'actif mais elle demeurait encore à découvert de sommes considérables.*

*Edmond, l'aîné de ses enfants, chercha à se faire une position, la fortune familiale étant insuffisante pour couvrir le passif qui la grevait si lourdement. Sa première spéculation, son association avec MM. Hartog et Wellens, ne fut pas heureuse, elle a été liquidée en pertes et Mme Adrienne dut encore payer pour son fils une somme importante. Edmond partit alors pour la France où il mourut il y a deux ans. On n'a trouvé à son décès que des objets insignifiants, insuffisants pour couvrir les dettes qu'il avait.*

Le ton, factuel mais familier, révèle son auteur probable, un notaire de famille, et son destinataire supposé, un proche mandaté pour sa discrétion. Si je m'en tiens à la remarque amusée de ma mère quant à la décision de son arrière-arrière-arrière-grand-père de marier sa fille Adrienne en Prusse où le divorce était possible, puis à cette *note confidentielle* postérieure à la mort d'Edmond, j'en déduis qu'Alphonse a vécu sur la fortune de sa femme qu'il a *furieusement ébréchée.* Change-t-on un tel homme ? En divorce-t-on ? Visiblement, non. *Le pauvre Alphonse* il était, *le pauvre Alphonse* il resterait, maquillant ses erreurs et s'attirant post-mortem une forme de commisération.

Pas de *pauvre Edmond* dans cette note récapitulative. Il n'est pourtant pas difficile d'imaginer son désarroi et son angoisse durant les mois qui précédèrent son départ *pour la France où il mourut*, selon la formule expéditive du scripteur anonyme probablement chargé de régler cette éprouvante succession. L'option signalée dans le carnet, intitulé *Mémoires*, de son frère Antoine « on se marie pour augmenter sa fortune et se faire une position dans le monde » étant moins que jamais à sa portée, Edmond se lança, sommé par sa mère, dans diverses affaires plus ou moins improvisées. Celles-ci échouèrent sur toute la ligne, faute de capitaux et d'expérience, ses études d'ingénieur des Mines ne l'ayant guère formé aux métiers du commerce. À quoi s'ajoute le fait que lesdits *Hartog et Wellens*, ses associés éphémères, étaient sans doute rompus à la pingrerie s'il faut en croire la réputation des Hollandais de ce côté de la frontière. Qu'ils étaient loin ses condisciples de la Bergakademie devenus directeurs de mine, chargés de prospection ou professeurs d'université ! *Eisenwerksbesitzer*, tel qu'indiqué à côté du nom d'Edmond et de la petite croix qui signale sa mort précoce, c'est autre chose. Les forges étaient l'héritage d'Adrienne, les forges firent d'Alphonse un rentier qui laissa dans l'ignorance de ses tractations son fils aîné comme son épouse, laquelle se vit dans l'obligation d'affronter un veuvage dont l'unique photo que nous possédons résume la dignité bafouée. Adrienne, qui *ne voulut pas que le public fût initié aux désastreuses affaires de son mari*, envoya donc son fils aîné au front. Dès lors la *damnatio memoriae* n'est peut-être pas, ou pas uniquement, de l'ordre d'un rejet de ce-qui-n'avait-pas-de-nom, mais une sanction de l'impuissance d'Edmond à redresser les finances familiales.

# 54

Avant de rencontrer Lomdelo, je me persuadais que j'avais tout pour être heureuse. Ma vie était méticuleusement pavée de bonnes intentions, voilà pourquoi je me droguais au chocolat noir avec une frénésie morose. Boursouflée de doutes, je vivais mal, respirais mal, dormais mal. Mon seul intérêt allait à mes songes, que je collectais comme on grignote en cachette.

Je me remémorais tout cela dans le parc. J'étais assise sur le banc du pavillon japonais où nous nous étions abrités, c'était la même ombre, sous le toit en pagode, la même haleine de grotte, le même silence vaguement inquiétant. Sur les montants de bois, des cœurs barrés de flèches et de déclarations. L'une d'elles disait : « L'amour est une belle chose quand il se produit. » Curieuse expression. Ne dit-on pas *se produire* pour signifier apparaître sur une scène, devant un public ? Nulle scène, nulle apparition pour Lomdelo et moi. Tout s'était arrêté faute d'acteurs.

Depuis ce banc, nous avions vu un enfant jeter une balle du sommet de l'escalier qui dégringolait vers le lac. La balle rebondissait de marche en marche avec une lenteur captivante, le vide entre les rebonds était palpable, miraculeux, fragile. La voix de Lomdelo avait brisé le silence : « Elle suit son chemin sans se tromper. » « Elle va rater une marche », avais-je répondu. La balle poursuivait sa chute légère et, bien que sa progression fût menacée à chaque degré, elle ne s'était pas arrêtée avant de tomber dans l'eau. « Tu vois ! »

avait dit Lomdelo. Au moyen d'un bâton, l'enfant tentait de récupérer sa balle. « J'ai peur que ça ne marche pas... » Je me sentais angoissée et perdue. Il s'était écarté un peu, me considérant calmement : « Pourquoi ? L'amour c'est si naturel. » À ces mots mes larmes avaient jailli, un flot aussi visible qu'une balle dévalant un escalier. Je ne savais plus où se trouvait l'amour : du côté de Vincent ou du côté de l'homme qui, avec ses longs cils et sa fossette rieuse, me fixait dans l'ombre du pavillon japonais ?

Lomdelo était devenu grave. Il avait détaché l'écharpe indienne que je portais au cou, l'avait placée sur mes yeux en la nouant rapidement. L'étoffe buvait les larmes. Aveuglée, j'avais senti ses lèvres sur les miennes. Alors quelque chose en moi avait bondi, un élan immense, brûlant, irrésistible. Fallait-il connaître cela une fois et puis mourir ? Mourir même si on demeure en vie ? Peu importe. On n'est plus de ce monde après ce feu dont on ne sait d'où il vient, de soi-même ou de l'autre, ou encore d'un esprit, ange et démon, qui aurait choisi de se poser là, au point exact d'intersection de deux corps, qui est peut-être situé sous la langue, peut-être ailleurs, sous la peau, dans la pulsation du sang, dans le déploiement des alvéoles pulmonaires, à la pointe des cils ou des seins, des branches ou des nuages, dans le ciel, sous les pieds, dans la brise qui passe ou au bec de l'oiseau perché sur le toit en pagode et qui en fait tinter les tuiles, à petits coups pressés.

Les jours suivants, je parlais comme lui. Aux filles qui se plaignaient de leurs devoirs d'école, je disais : « Ça va aller, c'est si naturel » avec une conviction parfaite.

Puis il avait disparu.

# 55

Ce matin-là, j'étais maman-taxi. À l'arrière, nos deux filles et deux de leurs copines d'école, gaies, volubiles, il faisait beau, pour la première fois de la saison je portais mes lunettes solaires, l'ombre du pare-soleil me mangeait le visage.

Et puis, moi dont on se moque parce que je ne reconnais personne, moi toujours perdue dans mes pensées, moi qui avais renoncé à scruter les voitures garées à la piscine, moi partie de lui comme il était parti de moi… je l'ai vu.

Cela a duré moins d'une seconde, le temps que nos voitures se croisent. Il venait vers moi, son visage en plein soleil prenait toute la lumière. J'ai crié. Les filles m'ont demandé pourquoi. J'ai dit : « Ce n'est rien… juste quelque chose que je ne dois pas oublier. »

Je les ai déposées à l'école et je suis repartie vers la maison, où Vincent devait se trouver parce que Brian arrivait de Londres ce jour-là. Lorsque je me suis garée, le cabriolet immatriculé en Angleterre était devant notre porte et ma gorge avait triplé de volume. Il ne fallait pas que je respire profondément, surtout pas, il y avait un couteau fiché dans mon cœur que je ne devais pas bouger, cela m'aurait fait trop mal, on m'aurait entendue crier aux quatre coins du pays, on m'aurait enfermée à cause de ce cri en forme de couteau qui aurait risqué de trancher l'espace en deux, les gens auraient eu peur de moi, une vraie peur que personne ne peut se permettre, alors il ne fallait pas que je respire, surtout pas, il fallait fermer les issues, obstruer, boucher, colmater, éteindre.

J'ai voulu ouvrir la porte. Elle était verrouillée de l'intérieur, la clé dans la serrure. J'entendais un bruit d'eau à l'étage, les voix de Vincent et Brian mêlées au jaillissement de la douche, et leurs rires, rires tendres des retrouvailles. J'ai préféré ne pas frapper, ne pas sonner. Vincent avait dû verrouiller par mégarde, il serait confus que je tambourine pour entrer dans ma propre maison, ce ne serait pas un accueil digne de Brian que nous n'avions plus vu depuis Soho et qui, entre-temps, m'avait envoyé *Portrait of a Marriage*.

Je me suis réfugiée au jardin. Me suis laissée tomber dans un des trois transats que Vincent avait disposés. Je ne pouvais pas commencer à pleurer. Cela aurait duré des heures, des jours peut-être.

Ils sont venus. Je me suis levée. Brian m'a serrée, longuement. Son corps souple et chaud sentait notre savon liquide, ce qui m'a ulcérée, mais c'était parfait à cause du couteau dans mon cœur et de toutes les larmes qui me martelaient du dedans comme une grêle derrière une fenêtre close. Vincent a voulu m'embrasser. Ma raideur l'a surpris, il a eu un regard interrogateur. J'ai placé mon poing sur ma poitrine, j'ai dit « C'est là » en écarquillant les yeux pour boire la menace du torrent, ce vacarme affolant qui remontait du dedans et résistait à tout, aux fleurs, au soleil, au sourire de Brian, à tout ce que je fixais avec l'énergie du désespoir. J'ai ajouté, très vite : « J'ai vu l'homme de la piscine. Il passait en voiture. » Ma voix tremblait, j'ai pressé mon poing plus fort. Vincent a eu un geste de compassion. Brian me regardait avec, je suppose, bonté lui aussi. En tout cas il continuait à sourire. Puis il m'a parlé comme on parle à un enfant bouleversé, avec cette affectueuse gravité que les adultes nomment *compréhension* et qui est en réalité la pire violence imaginable, un refus d'entrer dans la douleur, une manière de se hausser quelques millimètres plus haut, de sorte que l'enfant se croit entendu, écouté, les apparences sont sauves, il n'y a que deux millimètres d'écart avec la lame du couteau, cela glisse à côté, si joliment à côté, si raisonnablement, que la douleur n'a plus le droit d'exister, il n'y a plus que la cage des côtes avec le vide dedans. Alors on retire son poing du milieu de la poitrine, il n'y a plus de cri, il a disparu par ablation sous le scalpel de l'affection expérimentée, et maintenant on pourrait vous battre ou vous caresser de toutes les manières que vous ne sentiriez plus rien, rien, plus jamais.

« Mais enfin, pourquoi ne lui as-tu jamais demandé son nom ? a dit Brian. Maintenant il est trop tard et il faut que tu parviennes à rire de tout cela. » J'ai dit : « Oui, tu as raison. » Et tout à coup ce fut comme si je n'avais pas vu le visage de Lomdelo en plein soleil, comme si ce visage n'avait jamais existé, ce visage devenu d'une beauté surhumaine à force de s'être concentré, comme le mien, sur sa solitude, ce visage n'existait plus, car avec des paroles douces et raisonnables on éloignait le couteau de mon cœur.

Je suis rentrée dans la maison. Il y avait l'apéritif à servir, le temps de la préparation du repas s'avançait, ce temps qui n'est pas fait pour gémir mais pour allumer le four, casser trois œufs au jaune très jaune dans du chocolat noir, très noir, fondu au bain-marie, ajouter de la farine, du sucre, du beurre, les blancs battus en neige, puis mettre au four, tout cela pour sustenter le voyageur, couronner sa journée, être digne de ce que les autres aiment en vous et mériter le bonheur, ce ciment fin et lisse, propre et doux, qui colmate avec précision toutes les issues par où la violence supplie qu'on la laisse sortir.

## 56

À l'époque, chaque jour je notais un fait, une pensée, un rêve dans le cahier Clairefontaine. Ma mère affirmait que tenir un Journal était égoïste, que les époux Tolstoï n'auraient jamais dû le faire, que cela salissait l'image du Grand Écrivain. Mes pages n'avaient pourtant rien de *Mémoires*, titre que le jeune frère d'Edmond avait réservé à sa collection d'aphorismes traitant de la question épineuse de la jeune fille, de la femme, de l'épouse, par conséquent du sexe, de la soupe, du patrimoine. C'était une mosaïque de vignettes, de brèves images de ma journée.

S'agissant de Mémoires plus sérieux que ceux du carnet d'Antoine, c'est en parcourant du regard la section « Genre » de ma librairie habituelle que j'avisai un livre mis en avant. Il s'agissait de la réédition récente d'un document découvert par Michel Foucault à la fin des années soixante-dix : *Mes souvenirs* d'Herculine Abel Barbin, sous-titré *Mémoires de la première figure intersexe française (1838-1868)*. La presque coïncidence des dates avec celles d'Edmond, la mort d'Herculine Abel Barbin « à tout juste trente ans », elle aussi, selon la quatrième de couverture, me décidèrent.

Je dévorai le livre en une nuit. L'histoire d'Herculine, tombée passionnément amoureuse d'une jeune fille, aurait pu se poser comme un calque sur celle d'Edmond, à la différence qu'Edmond était issu d'un milieu privilégié et que nous ne savons rien de ses amours supposées avec Gratiniano Obando. Herculine, dont le père était sabotier et la mère couturière, dut son éducation aux religieuses qui l'accueillirent dans leur pensionnat. Elle devint institutrice puis maîtresse des études et vécut avec une de ses élèves, Sara, une passion concrétisée sous le toit même de la jeune fille dont la mère était aussi naïve que les braves religieuses. Comme l'a souligné Michel Foucault, le *vrai sexe* d'Herculine était cette fluidité non binaire qui séduisait son entourage féminin. Vers dix-huit ans cependant, des douleurs intenses causées par la migration d'un testicule l'obligèrent à consulter. Les résultats de sa confession à un prêtre puis de son examen corporel par deux médecins conduisirent à un jugement du tribunal concluant à la nécessité impérative d'un changement d'état civil vers le sexe masculin auquel il semblait à ces messieurs qu'elle devait être définitivement assignée. Herculine rompit dans la douleur avec Sara, consciente qu'elle ferait « un détestable mari » pour sa bien-aimée et craignant que des ragots ne salissent sa réputation. D'institutrice passionnée, le désormais Abel se retrouva employé aux chemins de fer, emploi qui l'accabla. L'espoir d'être engagé comme garçon de salle sur un paquebot de croisière vers les États-Unis se révéla vain.

Le récit s'interrompt alors et l'on apprend que, trois mois plus tard, Abel fut retrouvé suicidé « par asphyxie carbonique ». Ses Mémoires, dont la rédaction démarra après son assignation au sexe masculin, furent poursuivis jusqu'au dernier jour. Remis par le médecin légiste à Ambroise Tardieu, président de l'Association générale des médecins de France, celui-ci décida de les publier en conclusion à son ouvrage intitulé *Question médico-légale de l'identité dans ses rapports avec les vices de conformation des organes sexuels*. Pour ce faire, il amputa le manuscrit de Barbin de ses dernières pages au prétexte qu'il n'y avait là qu'un ramassis confus de plaintes. Les fatales conséquences de la décision médico-légale devaient être effacées. Reconvertie en objet scientifique, l'œuvre intitulée *Mes souvenirs* fut limitée à son exemplarité.

Cette découverte agit sur moi comme une révélation. Là où la graphologue avait refusé de se prononcer au sujet d'Edmond, je trouvais chez Barbin la preuve qu'on peut user longtemps d'une graphie raisonnée et finir par des pages illisibles de désespoir. Et là où Mme de Gondi avait lu dans les astres un abus de substances illicites, compagnes d'une existence en marge, j'étais maintenant persuadée qu'Edmond s'était suicidé. Ni ses deux amis ni l'employé municipal ayant constaté son décès n'avaient pour autant jugé bon de demander une autopsie, peut-être pour ne pas attirer d'ennuis au propriétaire de l'hôtel et à la famille respectée du malheureux jeune homme ; ou, plus tragiquement, parce que le décès remontait à quelques jours et que le corps était trop abîmé. En revanche un prêtre aurait été convoqué, comme semble l'indiquer, sur l'annonce mortuaire éditée par la famille, le classique *décédé muni des secours de la Religion*. Formule qui, pour autant, n'exclut pas l'hypothèse d'une mort volontaire. À preuve, dans *Hamlet*, ces mots du prêtre dépêché pour l'inhumation d'Ophélie : « Sa mort fut suspecte et si un ordre venu d'en haut n'avait supplanté la règle, elle eût été ensevelie en terre non bénite jusqu'aux trompettes du Jugement dernier. »

Je relis le brouillon testamentaire et j'en conclus qu'Edmond savait qu'il allait se tuer puisqu'il en demandait à l'avance pardon à sa mère. Il n'ignorait pas la douleur qu'il lui causerait au point que *rien ne la lierait plus à la vie*. J'ai maintenant la conviction qu'il s'agit bien non de l'incipit maladroit d'une fiction par un écrivain en herbe, mais de l'ultime message d'un être qui voit sa délivrance dans le geste fatal qu'il s'apprête à commettre. En cet état, il s'efforce d'écrire à sa mère une lettre d'excuses et de consolation, *ton fils est heureux là-haut*, destinée à être lue après sa mort, comme l'indique la mention sibylline « écrit par Edmond – pour la tombe d'Edmond » déchiffrée par mes soins grâce à la loupe lumineuse de la graphologue. À la réflexion, cette poignante tentative de réconfort adressée à Adrienne me rappelle la première phrase de la spirite aux mains osseuses : « Il vous dit qu'il a dû faire ce qu'il a fait parce qu'il ne pouvait pas faire autrement ; il s'en excuse, il vous demande pardon. »

Pour en revenir à l'annonce mortuaire, une ligne en caractères minuscules m'avait jusqu'alors échappé. Elle informe que « les obsèques suivies de l'enterrement ont eu lieu le 17 juin à Orléans » et qu'un « service funèbre sera célébré le 27 juin en l'église Sainte-Véronique à Liège ». La dépouille non rapatriée, les obsèques orléanaises, l'annonce d'un service réduit prévu dix jours plus tard dans sa ville natale, tout indique un souci de discrétion comparable à celui qui a présidé, dans *Hamlet*, à l'inhumation d'Ophélie.

Interrogeant la base de données des cimetières actuels d'Orléans, je n'ai trouvé que dix-sept noms correspondant aux morts de 1865 ramenés des vieux cimetières sacrifiés par l'urbanisation. Edmond H. n'en fait pas partie. Quant à ma demande envoyée au service funéraire de la Ville d'Orléans, elle a reçu cette réponse : « Nous sommes au regret de vous annoncer que le décès de votre ancêtre précède l'ouverture du Grand Cimetière. Les registres ne sont plus en notre possession depuis la translation du cimetière en 1896. Nous n'avons donc pas d'information concernant son lieu d'inhumation exact. »

Edmond était, comme me l'avait dit la spirite avec moins d'égards, un mort trop ancien pour qu'on puisse le pister. Il était devenu poussière comme les milliers d'inconnus qui dorment sous nos pieds dans les nécropoles que la ville moderne recouvre. Nul lieu ne garderait sa trace.

## 57

J'ai recommencé à nager. Ailleurs. Quotidiennement. Peut-être était-ce dû à la lettre de Brian. Il nous remerciait de notre accueil, disait le plaisir qu'il avait eu à nous revoir :

fréquenter un couple comme le nôtre restait « *a genuine refreshment* ». J'ai aimé ce mot *refreshment*. Brian qualifiait Vincent de « *great spirit* » et ajoutait un mot pour moi, soulignant la façon dont je sortais « grandie » de toutes ces expériences.

Je nageais sans plaisir ni ennui dans cette piscine peu différente de l'autre mais dépourvue de fresque, de mouettes en tôle et de maître-nageur à chemise de bûcheron. L'eau n'était plus une douleur, cette piscine-ci était neutre, un lieu où je tuais le temps en exerçant mes muscles et mon souffle. Par moments, la pensée que Vincent était *a great spirit* et moi-même capable de prendre de la hauteur me distrayait un peu.

C'était déjà l'automne. Et bientôt un jardin tout neuf. Quatre camions étaient venus déverser leur cargaison de bonne terre, il ne restait plus qu'à l'étendre. Vincent s'y employait avec João, un travail de terrassiers. Je les avais rejoints après avoir installé les filles à la table de la cuisine avec une recette de gâteau et les ingrédients qu'elles mélangeraient comme elles pourraient avant de m'appeler pour la suite. J'avais retiré mon alliance sur le conseil de Vincent, une ampoule m'étant venue à force de manier la pelle. S'il n'y avait eu cette ampoule, j'aurais pu tenir des heures, du moins le croyais-je en regardant Vincent qui s'activait. J'aurais voulu lui prouver ma bonne volonté en pelletant jusqu'à m'écrouler à ses côtés, mais bien sûr il ne fallait pas que je m'écroule, je devais conserver juste assez de force pour préparer le repas, parce que mon propre travail, ma propre griserie à manier de la terre devaient s'arrêter là où commençait la faim des autres, il fallait s'incliner devant cet appétit subit, cet empressement à manger pour retourner à l'ouvrage, oui, il fallait s'incliner, oublier la magnifique tension des corps orientés vers l'effort, vers l'avenir, vers les fleurs et les arbres à venir, s'incliner parce que le travail de terrassement serait fait avec soin, rapidité, persévérance et qu'au printemps prochain le jardin serait parfait, le plus beau jardin du quartier, peut-être même de la région.

« João, comment appelle-t-on le tout petit oiseau qui butine les fleurs ? »

João s'est tourné vers moi en souriant, sans cesser de manier la pelle.

« *Beija-flor*. En français "colibri".

– J'ai une ampoule grosse comme un œuf de colibri.

– Dans le jardin de mes parents, au Brésil, il y a beaucoup de colibris qui embrassent les fleurs.

– Sucent, a dit Vincent qui arrivait avec la brouette pleine de terre.

– *Beijar*, ça veut dire "donner un baiser" », a corrigé dignement João.

J'ai couché ma pelle sur le sol et marché vers la maison. Au lieu d'y entrer, je me suis assise sur la terrasse, le dos au mur, et j'ai fermé les yeux. Le soleil blanchissait mes paupières, les rendait translucides. Aucune pensée. Seule la fatigue. Lorsque j'ai rouvert les yeux, j'ai vu au premier plan une bande soyeuse et verte, puis la terre brune que remuaient Vincent et João. Sur l'herbe, un ballon oublié faisait une tache rouge. J'ai revu la balle qui rebondissait de marche en marche depuis la pagode du parc. J'ai refermé les yeux et je me suis concentrée sur mon souffle. Lorsque j'expirais, je pensais à Lomdelo. En inspirant, à Vincent. Cet exercice absorbant ne gommait pas le monde alentour, au contraire mes sens en acquéraient une vie autonome, je me trouvais au centre d'un faisceau de rayons lancés dans toutes les directions. Le soleil automnal chauffait mon front et mes paupières, j'en étais agréablement consciente ainsi que des voix qui me parvenaient. « Quand j'étais enfant, disait João de sa voix chantante, j'aimais ouvrir les insectes. J'avais les aiguilles et les petits ciseaux de couture de ma mère et je les ouvrais vivants. Ma mère disait que j'étais cruel. »

Quand Lomdelo m'avait embrassée, je m'étais sentie devenir chaude et lumineuse comme un paysage livré à une soudaine embellie : le soleil, après une longue absence, fait son apparition et, gagnant les nuages de vitesse, il court à la conquête de la moindre ondulation de terrain avec la rapidité triomphante d'un athlète et la douceur d'une mère qui couvre son enfant. Alors l'ombre et la lumière se partagent exactement la surface de la terre de la même façon que ce baiser contenait magiquement tous les *et* de l'univers : subtilité et force, douceur et violence, ange et démon.

« Un jour j'ai attrapé une fourmi. Elle était belle ! La plus grande des fourmis. Je l'ai enfermée dans une boîte. Elle s'est mise à chanter.

– Les fourmis ne chantent pas. »

La voix nette de Vincent.

« Celle-là chantait, je t'assure ! Elle faisait comme ça : "bîî-bîî". Et les autres fourmis accouraient. Alors j'ai imaginé que la fourmi chantante était ma prisonnière et toutes les autres des assaillants. J'allais faire un carnage… »

J'ai retenu mon souffle, le soleil m'absorbait tout entière. Respirer c'était tendre vers l'extérieur, puis vers l'intérieur, en une alternance qui ne trouvait son sens que lorsque, pour quelques secondes, elle était suspendue. Alors on atteignait un point absolument silencieux où le souvenir du baiser était possible. Et, y étant repassée de la sorte, je pourrais y revenir n'importe où, n'importe quand, en marchant, nageant, écrivant ou en me contentant de respirer sans rien faire. C'était un travail, comme de bêcher la terre pour faire un beau jardin. Un travail que chacun accomplissait à sa manière et selon son tempérament.

« Une fourmi ne chante pas, répétait Vincent.

– Si, puisque je te le dis ! D'ailleurs elle chantait si fort, elle était si *décidée*, que j'ai fini par lui rendre sa liberté. »

« À quarante ans, il faut savoir se décider », m'avait dit Lomdelo. Se décider est possible lorsque deux trajectoires coïncident, deux attirances, deux avenirs ouverts. L'avenir de Lomdelo était ouvert mais il me manquait, à moi, quelques années, l'anticipation d'une séparation et un cœur moins sensible à l'inévitable chagrin des filles. Malgré la coïncidence de nos crises climatériques, sa liberté de décision et la mienne n'étaient en rien symétriques. Je le comprenais parce qu'il était parti.

Alors, le soleil dans les yeux, je me suis décidée, moi aussi. J'ai décidé que ma vie irait désormais comme on respire, comme on nage, comme on chante si on est une fourmi. L'admiration de Brian à notre égard n'était pas un constat, c'était une prophétie. João n'était pas un rival mais un enfant en désir d'adoption. Une fois de plus le *trois* sauvait le *deux*.

À trois nous ferions de ce jardin un paradis où notre maison volante finirait par se poser en douceur. Vincent en prendrait soin, remblayant ici, ratissant là, plantant des fleurs dans les pelouses de notre vieillesse.

## 58

Malgré mon incorrigible idéalisme, je continuais à me sentir seule de mon espèce. Je suivis une thérapie mais cela ne m'avança guère : je me plaignais de mes amoureux ou de Vincent à longueur de séance. Je pris des cours de chant : j'avais des crises de larmes dans les notes graves, comme si pleurait par là mon sexe délaissé.

Je continuais de loin en loin à fouiller Internet en vue de solidarités. Je finis par me procurer un ouvrage abondamment référencé, sans doute parce qu'il était le seul à évoquer les *épouses de convenance*, selon l'expression avancée par son auteur, chroniqueur pour le magazine *Têtu* et auteur de plusieurs livres sur l'homosexualité. Quelqu'un s'était donc penché sur mon sort ou, plutôt, sur le sort des *femmes d'homosexuels célèbres*. Mais en quoi Isabelle de France, la princesse Palatine, Wallis Simpson ou Elsa Triolet m'informaient-elles sur moi-même ? Quoi qu'il en soit les anecdotes relatives à la vie pseudo-conjugale de ces homos célèbres se révèlent édifiantes. Lord Byron ayant épousé Anne Isabella Milbanke pour sa fortune et pour masquer son amour des garçons l'introduit le soir du mariage dans une « demeure sinistre et vide » et se couche seul après lui avoir dit « je déteste dormir avec une femme ». Jules Verne, qui a prié sa mère de lui trouver une femme « bien élevée et bien riche », fuit jusqu'en Scandinavie son épouse sur le point d'accoucher et truffe ses romans de beaux jeunes hommes courageux. Pour l'amour de Rimbaud, Verlaine quitte Mathilde Mauté après avoir jeté leur enfant contre un mur. Pierre Loti se marie – pour se distraire, dit-il – avec une femme-enfant japonaise qu'il décrit comme « très décorative [...] une poupée d'étagère ». Quant à Constance Lloyd, si éprise et si belle que les passants comparaient leur couple à celui d'Ophélie et Hamlet, elle verra sa carrière, sa fortune et sa santé ruinées par le scandale qui jeta Oscar Wilde en prison et elle mourra en exil à l'âge de quarante ans.

Peu après ma lecture de cet essai aussi distrayant qu'affligeant, j'eus l'idée de remplacer, sur les moteurs de recherche, l'expression *femmes d'homosexuels* par *épouses d'homosexuels*. Bingo ! « En Chine, les épouses d'homosexuels se rebiffent », titrait *Courrier international*. Dans un pays qui réprimait férocement l'homosexualité, presque tous les gays se mariaient. Résultat : plus de 16 millions de femmes chinoises épousaient sans le savoir un homosexuel, 90 % d'entre elles souffraient de dépression et 10 % faisaient des tentatives de suicide, « victimes dans l'ombre d'autres victimes ». L'expression, qui me rappelait l'*effet domino* étudié par Amity Pierce Buxton aux USA dans les années soixante-dix, me parut si pertinente que je la notai immédiatement. Pour autant je ne me sentais pas faire partie de cette chaîne de *victimes*. Je tirais mon épingle du jeu avec une habileté variable selon les circonstances. Une fois toutes les dix lunes j'envoyais un mot incendiaire à Vincent qui se disait désolé sans que rien, ensuite, ne change. Année après année mon homme préféré ajoutait, tel un arbre en pleine santé, un cercle à sa croissance de gay.

Il y eut d'autres amants, d'autres moments joyeux, d'autres agacements suprêmes ou tristesses insondables, d'autres sursauts d'indépendance ou de rage. Nos fêtes hybrides se poursuivaient, fêtes d'hiver, fêtes d'été. En somme il y avait moyen de jouer au mariage sans pour autant s'épuiser, un mariage où le *deux* se muait régulièrement en *trois* et autorisait toutes sortes de variations. Vincent et moi parvenions à jongler avec nos limites respectives de manière étrangement complémentaire, au point que lorsque l'un vivait une passion débridée, l'autre se tenait coi : deux ensembles à l'intersection mouvante, le Pacifique et l'Atlantique dont les eaux et les températures se mélangent et s'équilibrent en Terre de Feu. Le jour où je serais veuve (car les hommes meurent avant les femmes), je conserverais le souvenir d'un amour à la « bien sûr nous eûmes des orages, mille fois tu pris ton bagage, mille fois je pris mon envol, finalement, finalement, il nous fallut bien du talent pour être vieux sans être adultes ». C'était ringard mais tout le monde voulait ça. La preuve, j'avais croisé l'une ou l'autre veuve précoce qui affirmait, en versant une larme : « J'ai été si aimée que je ne regrette rien. » Sauf que le mari d'une veuve a quitté la scène à jamais, tandis que moi je continuais à jouer dans la même pièce que le mien. Cependant je m'efforçais de poursuivre en listant les *plus* et les *moins*. Je voulais mourir avec des *plus* sur ma liste. Une fête commune comptait triple, le jardinage avec João comptait double, préparant d'autres imprévisibles semailles, d'autres inattendues floraisons.

Dans la colonne des *plus* se trouvaient des éléments concrets : tout ce que Vincent faisait pour notre bien-être, son sens aigu des responsabilités, sa gentillesse qui n'excluait pas, par moments, des opinions lapidaires. Cette positivité énergique était parfaitement adaptée à la paix des familles.

Dans la colonne des *moins*, c'était flou. Qu'opposer à une organisation aussi sécurisante ? Compte tenu de l'harmonie du tableau, la colère ou la tristesse étaient bannies. Cette absence chassait aussi la joie puisque, au plus profond de cette forêt de Brocéliande que Freud a nommée l'*inconscient*, l'ensemble des émotions puise à la même fontaine réversible. Tout était donc calme, en apparence, tout glissait sur Vincent comme sur les plumes d'un canard. Peut-être l'avais-je épousé pour quitter ma mère sans renoncer pour autant à la perfection un peu froide qui m'était si familière. Changer pour ne pas changer – *Ne pas changer : méthode*. Mais voilà, j'en avais assez des problèmes qui n'en étaient jamais. Il me semblait qu'il aurait mieux valu les empoigner de temps en temps, ces problèmes, et renforcer par la bagarre un lien qui ne se dissoudrait pas pour si peu. Enfant, comme je l'ai déjà dit, je me battais avec mes cousins. J'avais un cousin de mon âge, le silencieux de la bande, nous étions de même taille et de même force, jamais nous ne parvenions à vaincre l'autre, même en faisant durer l'affrontement. Voilà le couple. Voilà le jeu. Pourquoi ne pouvais-je me battre avec Vincent ?

Je suis restée trois décennies à m'interroger sans comprendre. Je ne comprenais pas pourquoi, à l'occasion d'un week-end que nous aurions dû passer ensemble sans les filles, Vincent dénichait un jeune auto-stoppeur ou amenait un ami. Je ne comprenais pas pourquoi, quand je le priais de cesser de se balader nu au jardin, il faisait la sourde oreille comme s'il fallait que les nuages, les oiseaux, les passants et les voisins soient voyeurs de son irréprochable plastique. Je ne comprenais pas pourquoi il se dérobait quand je lui réclamais un soir par mois au restaurant, disant oui, puis non à la dernière minute, trop fatigué, trop de travail. Douze soirées sur un an, ce n'était pas la mer à boire, surtout avec un repas que nous n'aurions pas à cuisiner, menu au choix, lumières tamisées. Même si au retour nous n'en dormirions pas pour autant ensemble, je me serais contentée de ce minimum vital : deux heures par mois qui promettaient d'être détendues mais denses, car je les préparais, ces deux heures qui finissaient par s'évaporer en mirage.

Au fil du temps je comprenais de moins en moins. Ma plus grande perplexité naissait du fait que Vincent semblait ne jamais ressentir le moindre doute ni la moindre culpabilité lorsqu'il succombait à une passion. Seules existaient son allégresse et sa confiance lorsqu'il me faisait connaître un amoureux. J'avais parfois l'impression d'être une première épouse à qui on présente la deuxième ou la troisième ou la quatrième, laquelle serait éphémère, une apparition de plus dans notre ronde pittoresque. N'avais-je pas rêvé d'une déambulation autour d'un marché des quatre-saisons où Vincent et moi finissions par nous retrouver pour partager nos trouvailles ? Si j'avais dû répondre à la question « Quelle est la faute pour laquelle vous avez le plus d'indulgence ? », j'aurais dit : « L'adultère. » Notre pacte fonctionnait parce que le mensonge en était absent. Vincent savait quand j'avais quelqu'un, moi de même. Amoureuse, j'étais laconique. Lui évoquait ses rencontres de manière plus romantique, cela se passait dans la forêt, au bord d'un lac, dans un sauna, une chambre d'hôtel, un studio. Il me les esquissait en guirlande, avec son air radieux d'éternel petit garçon devant un arbre de Noël qui ne se dégarnit jamais :

« Si tu savais comme il est beau. »

« Il est steward à la British Airways. »

« Il est avocat. »

« Il est étudiant en philosophie. »

« Il a sa propre marque de vêtements. »

« Il dessine des cravates, regarde, voilà une cravate qu'il a dessinée. »

« Il aimerait lire tes livres, c'est un intellectuel. »

« Il prend de la cocaïne mais je n'y touche pas, je te promets. »

« Et je prends toujours mes précautions, tu sais. »

Raconter est la plus intime manière d'être intime. Le récit remplace le lit.

L'image qui, bien que l'ayant précédée, reflète le mieux notre complicité singulière est une photo en couleurs prise par mon père à quelques semaines de notre mariage. Vincent et moi sommes assis côte à côte derrière un de ces bouquets de table dont ma mère avait le secret, des cosmos en l'occurrence, assortis à la robe rouge foncé que je portais ce jour-là. J'aime les cosmos pour leur gracilité et leur nom sidéral. Sur cette photo prise à notre insu, nous penchons la tête l'un vers l'autre comme si nous nous racontions une histoire que personne alentour ne serait à même de comprendre. J'avais encadré la photo et je l'avais placée sur le rayon supérieur de la bibliothèque du salon, dans une semi-obscurité, de sorte que, depuis tant d'années, elle n'avait rien perdu de sa fraîcheur. Comme nous étions beaux en notre attitude sérieuse et paisible ! Le bouquet, tout en légère exubérance, semblait vouloir nous dissimuler. Nous étions seuls au monde.

Cette photo, un jour, Vincent la ferait disparaître. Mais quelqu'un, auparavant, prendrait en photo cette photo. C'est l'histoire qu'il est temps, maintenant, que je raconte.

## 59

Vincent et Nikolaï étaient entrés en contact *via* une application de rencontre. Nikolaï voulait vivre à Bruxelles, en Bulgarie les homos vivaient cachés et lui-même mentait à tout le monde, à commencer par sa mère et sa sœur. Il mettrait en location son studio de Sofia et rejoindrait Vincent, puisque notre maison était grande et que, moi, la femme du Belge, je l'accepterais, perspective inouïe pour un homme né huit ans avant la fin de l'empire soviétique.

Nikolaï, donc, arriva. Vincent me le présenta avec la confiance émouvante que je connaissais bien. Nikolaï était timide, poli, perplexe. Comme pour tous les autres, je me dis : Cela ne durera pas. C'est peu dire qu'il était beau, ce grand Bulgare. Brun, fort, rieur et par moments anxieux, comme entouré d'une nuée d'orage. Faut-il le décrire davantage ? L'ensemble est trop mouvant, je cherche encore. Résumons : il vivait chez nous, dormait avec Vincent, et tous les matins au petit déjeuner chacun des deux demandait « Tu as bien dormi mon chéri ? » alors qu'ils sortaient des bras l'un de l'autre et que je dormais seule. Le soir ils regardaient la télévision côte à côte. Ils faisaient ensemble le ménage, les courses et la cuisine. Plongée dans mes travaux personnels, je prenais l'habitude déplorable d'être la seule à ne pas m'activer. Les filles ayant quitté la maison, ma paix était royale, je ne descendais que pour les repas lorsque Vincent m'appelait. Je leur laissais la place par discrétion et parce que cela m'arrangeait.

Nikolaï avait un appareil photo. Il acheta, d'occasion, des objectifs performants et se livra à des prises de vue minutieuses. Il me montrait ses photos faites de petits riens sublimés, un pli du drap, le chat, une toile d'araignée perlée de rosée. Je l'encourageais, je lui disais : « Envoie-les-moi. » Je recevais des fichiers pleins de choses inanimées ou de frémissements de nature, mais aussi d'images de nos filles et même une de moi, prise à mon insu lors d'une réunion de famille. La photo me plut, j'y avais l'air pensif du temps des banquets d'entreprise. Sans doute m'avait-il saisie dans un moment d'ennui aggravé par l'acouphène qui, depuis quelque temps, compliquait ma participation à la conversation générale, moi qui, déjà, ne conversais pas volontiers.

Hors de ma présence, Nikolaï et Vincent se photographiaient ensemble et postaient sur le WhatsApp familial. Une fois par semaine en moyenne, je voyais arriver leurs visages côte à côte, rayonnants de la joie d'être ensemble. Cela me rappelait la photo de Brian et Vincent que j'avais collée dans notre album des années plus tôt. Ici c'était différent : ces selfies ravivaient ma solitude comme autant de coups d'épingle.

Selon les filles, qui me l'annoncèrent avec délicatesse, des photos plus audacieuses d'eux circulaient sur Facebook. S'agissait-il du genre d'images que j'avais entrevues un jour en passant devant l'écran allumé de Vincent – bellâtres athlétiques aux poses suggestives, strings qui ne cachaient rien, langues avides, érections de légende –, ce qui m'avait juste donné envie de jeter son PC par la fenêtre ? Ce que tu ne veux pas voir n'existe pas, il suffit de fermer les yeux ou de quitter la pièce. Les photos de Nikolaï, cependant, étaient belles. Elles figeaient un verre de lait, une plume, l'insecte sur le rideau, le coin d'un meuble, le chrysanthème tatoué sur sa poitrine, un nuage, une feuille d'arbre. Jusqu'à cette photo de photo, pas n'importe laquelle : celle de notre conciliabule secret, à Vincent et moi, derrière le bouquet de cosmos. Nikolaï l'avait repérée dans la pénombre de la bibliothèque, d'elle émanait ce qu'il cherchait sans doute, la grâce d'une apparition, une goutte de lumière dans l'obscurité. Par la suite il mettrait son talent au service de son propre rayonnement, lequel se révéla lors d'un événement public mémorable.

# 60

Le soir où Nikolaï est devenu Mister Bear Belgium, cela faisait six mois jour pour jour que David Buckel, avocat des droits LGBT et militant écologiste, s'était immolé par le feu à Brooklyn pour protester contre ce que les humains font à la planète en flambant à gogo les énergies fossiles. Le jour où nous nous sommes mobilisés en famille pour soutenir Nikolaï, le journal *Le Monde* rappelait que le rapport Charney publié en 1979 sous le titre *Carbon Dioxide and Climate : A Scientific Assessment* prédisait déjà un réchauffement climatique sans remède si l'on n'agissait pas rapidement, sur quoi tous les politiques de la planète avaient mis au rebut ce rapport dit *de la dernière chance*, pour continuer à plonger leur tête dans le sable de plus en plus brûlant de nos jours et nos nuits. La nuit d'octobre qui allait voir le triomphe de Nikolaï, il faisait vingt-trois degrés à vingt-trois heures et notre futur héros transpirait énormément sur la scène de la Bodega où, déguisé en mécano – salopette sur torse nu, clé à molette à la main – puis simplement en lui-même dans un petit short moulant, il entonna « All of Me » de Billie Holiday tout en plongeant la main dans sa braguette pour en extraire un cœur de caoutchouc souple ; cœur qu'il plaça sur la fleur de chrysanthème tatouée sur son torse, puis, à l'envers, devant son pubis où, distendu sous l'effet de la gravité, il pendouilla telle une paire de couilles avant que Nikolaï le jette dans la foule en délire. Je ne sais ce qui était le plus réussi, le suspense de la main dans la braguette ou la démonstration que les roustons sont l'envers du cœur, ce qui ne marche évidemment pas pour les femmes. Nous étions très peu de femmes ce soir-là, pratiquement absentes à vrai dire, sinon à titre de supporters de Nikolaï contre les deux autres prétendants au titre. Il y avait donc trois finalistes corpulents et poilus, conformément aux critères exigés, et autant de travestis en pole-danseuses moulées dans d'étincelantes robes fourreaux et qui chauffaient la salle en levant haut la jambe comme aux Folies-Bergère (supposais-je, moi qui ne connaissais des Folies que la serveuse du tableau de Manet).

Notre petit groupe familial comptait Vincent, son frère cadet et sa femme – ceux-là mêmes qui avaient ri quand j'avais pleuré dans la cuisine –, nos deux filles et, *last but not least*, Brian qui nous avait rejoints, lui qui restait dans la famille là où les autres avaient passé comme l'orage ou la pluie, cette pluie qu'on attendait depuis l'été tandis que, dans le Sud, des trombes emportaient les voitures, les maisons et les gens. Oui, à l'heure glorieuse où Nikolaï devint Mister Bear Belgium, on dénombrait treize morts dans le Var et pas mal d'habitations réduites à l'état de gravats. Voilà pourquoi moi qui étais là, buvant des verres de Coca à la chaîne et croquant les glaçons au risque de me péter l'émail dentaire, je décidai subitement que j'écrirais un récit pour signifier en quoi ces années entre la publication du *rapport de la dernière chance* et la bascule irrémédiable de la planète avaient pu être, aussi, celles de notre courageux amour, à Vincent et moi.

Nikolaï, le plus grand des trois candidats, avait réussi à atteindre, depuis son arrivée en Belgique, le tour de taille requis à force d'arroser de mayonnaise et de crème fraîche le moindre de ses plats salés ou sucrés. Quant aux poils exigés, il en était moins pourvu que ses deux adversaires. Cependant, jouxtant le chrysanthème tatoué, un honorable triangle de toison centrale ruisselait sous la chaleur, *idem* sous les aisselles comme tout le monde s'en aperçut quand Nikolaï leva le bras gauche pour y lécher sa sueur, à la plus grande joie du public comme de la nôtre, car il ne nous avait pas habitués à ce genre de provocation. Enfin, là où les deux autres flirtaient avec une calvitie précoce, Nikolaï pouvait s'enorgueillir de ses cheveux noirs, épais, bouclés et de sa barbe d'athlète. Le patin à roulettes, qu'il pratiquait tous les jours par tous les temps, avait musclé ses jambes, magnifiquement galbées et qu'on voyait, nous autres, souvent nues, car, en arrivant en Belgique et sous les encouragements de Vincent, il avait enfin réalisé son rêve : s'acheter un kilt écossais et se promener dessous à poil. Il avait même trouvé sur Internet une bourse en cuir de vache à fixer autour des reins comme le font les géants barbus des publicités du whisky Glenfiddich. Il trouvait plein de choses sur Internet, des appareils photo, des boxers moulants pour Vincent et des patins à roulettes pour toute la famille, moi comprise. Malgré le souvenir de mes vieux patins du temps où les étangs gelaient encore avant de devenir ces étendues tiédasses chargées d'algues suspectes jusqu'au cœur de l'hiver, j'avais refusé ce cadeau perfide. Oui, j'avais été, comme le jeune lord Orlando, une virtuose du patin sur glace, mais pas question de risquer de me casser la malléole sur du vulgaire bitume.

Au début de sa performance, Nikolaï clama : « Je commence parce que je veux que ça finisse et ce sera plus drôle pour vous que pour moi. » Puis il entonna « All of Me ». Nous ne l'avions jamais entendu chanter, il était plutôt introverti quoique capable, par moments, d'éclatantes sautes d'humeur. D'où sortait-il tout cela, lui qui, quelques semaines plus tôt, arrivait de Bulgarie pétri d'incertitudes ? Il n'avait aucune chance, pensions-nous, enthousiastes mais inquiets. Les deux autres candidats étaient connus du bocal gay bruxellois et faisaient campagne depuis des semaines, Nikolaï était l'*outsider*, ni francophone ni flamand, même pas belge, il débarquait à peine. Rien à perdre, donc. Cependant il avait préparé sa performance avec soin, l'assortissant d'un bref discours aux airs de programme électoral. C'est qu'il ne suffisait pas d'un déhanchement affolant et d'une bonne humeur délirante pour convaincre les votants, il fallait aussi produire une liste d'actions à mettre en œuvre durant l'année à venir, où le lauréat devrait parcourir l'Europe pour rencontrer les Mister Bear de l'Ukraine à l'Irlande.

Le programme de Nikolaï s'ouvrit sur une annonce aux yeux du monde : lui qui avait si mal vécu à Sofia, dissimulant son homosexualité, il avait choisi Bruxelles pour sortir enfin du placard. Il ajouta qu'à l'instant où il se produisait devant nous les réseaux sociaux bruissaient déjà de son *coming out* illustré par des photos de lui et Vincent enlacés. C'était un coup de force, un pari magnifique et une libération avant tout : quelle que soit l'issue du vote, Nikolaï se sentait déjà gagnant, avec Vincent, dans cette ville qu'il disait solidaire et joyeuse. Mais il y avait plus : une réflexion, une promesse, l'annonce d'un engagement qui consisterait, s'il était élu, à se préoccuper des homosexuels vieillissants, à les rendre visibles, à leur garantir le respect et une fin de vie sereine. Visiblement personne avant lui n'y avait pensé, la jeunesse triomphante occupait tout l'espace, les beaux, les forts, ceux que l'arthrose n'empêchait pas de danser et de baiser jusqu'à l'aube. Imaginait-on ces fêtards se retrouver en EHPAD ? Je ne me souviens plus des termes exacts par lesquels Nikolaï résuma son programme mais j'en conserve l'impression qu'il pulvérisait les codes. L'Est débarquait en fanfare. Là-bas on pourchassait les homos et les gens étaient pauvres. Ici, dans notre Belgique de cocagne, Nikolaï, aussi culotté qu'une Femen, surgissait en ange radieux tout droit sorti de l'enfer ex-soviétique, pulvérisant de son rien-à-perdre ses rivaux aux arguments maison. Séduire n'était pas son problème, gagner encore moins, sa performance était intime et politique, accessoirement sexy, le one-gay-show de la dernière chance.

Quand circulèrent les urnes de carton, chacun mit son petit papier et, à la surprise générale, la foule trahit les favoris et vota à une majorité écrasante pour l'*outsider* Nikolaï, notre Nikolaï.

## 61

Ce fut une année formidable. Nikolaï se laissa photographier sous tous les angles : nu sur un fond rouge pivoine écrasée, le regard pudiquement baissé sur son sexe masqué par ses mains jointes ; jouant au ping-pong, la raquette à hauteur du pubis ; émergeant d'un buisson fleuri ; alangui dans une brouette pleine de paille sur fond de grange, ou bien une fourche à la main, ou serrant contre son cœur un agneau. Sur la plupart des photos il portait son baudrier de Mister Bear Belgium et durant un an il sillonna l'Europe avec Vincent, faisant connaissance de tous les Mister Bear passés et présents, nouant des amitiés fécondes et rapportant de chaque voyage des ours en peluche qui envahirent la maison. Je suivais la chose à distance, intriguée. On était loin de la provocation des années sida, ces gentils nounours étaient les émissaires de l'inclusion des gros, des vieux, des étrangers et d'eux-mêmes, les LGBTQIA+. Cet acronyme où le H brillait par son absence suscitait toujours en moi une souffrance d'exclusion. Il me semblait que, même désespérément hétéro, j'aurais dû en être par ma vie aux côtés de Vincent, ma curiosité à l'égard de son monde, la variété de mes propres écarts et l'excentricité conquise au sein de ce maelström. Sans doute avais-je tardé à faire quelques liens historiques. Ce n'est qu'après m'être infligé la lecture de la *Question médico-légale de l'identité dans ses rapports avec les vices de conformation des organes sexuels* d'Ambroise

Tardieu, présentateur du « cas » Abel Barbin, que je finis par comprendre que l'acronyme « LGBTQIA+ » constituait un retournement du stigmate qu'avait infligé à une partie de l'humanité une médecine dominée par un ordre moral aussi féroce qu'étriqué. Au dix-neuvième siècle, alors que le *chagrin* familial gommait jusqu'au souvenir d'Edmond, Ambroise Tardieu et ses pairs avaient multiplié les classements avec un luxe pervers de détails. Si la succession des lettres virait le H, c'était que l'hétérosexualité avait, de tout temps, servi d'étalon à l'exclusion et la persécution.

Nous invitâmes à la maison la mère et la sœur de Nikolaï pour leur permettre d'apprivoiser son nouvel état. La mère ne parlait que le bulgare, la sœur un peu d'anglais, mais tout le monde s'entendit à merveille. La mère dit à son fils : « Ne t'en fais pas, tu vas te faire soigner et un jour tu te marieras et tu auras des enfants. » Ni l'une ni l'autre ne remarquèrent sur la table du salon, parmi d'autres magazines, celui qui consacrait trois pages à la nouvelle existence de Nikolaï. Sous le titre « Ce que l'amour révèle au grand jour », on y lisait ceci : « Même si dans le milieu gay un tel écart d'âge suscite des interrogations, pour autant leur relation a un goût d'évidence. Il s'agirait même de la force et de l'équilibre du couple. Ils se réveillent à deux, passent leurs journées ensemble et s'endorment collés l'un à l'autre. Un couple fusionnel et solaire dont l'immense amour et la complicité évidente mettent tout le monde d'accord. » J'étais restée de marbre devant ce *couple fusionnel et solaire* à *l'immense amour*, les hyperboles m'ont toujours refroidie. Surtout, et plus douloureusement, *tout le monde* ce n'était pas moi, car ce *goût d'évidence* n'avait guère été mon lot. Autrement dit, je mesurais d'un coup ce qui m'avait manqué. Cela dit et à la réflexion, ce lyrisme volait à mon secours en me dévoilant un trait de Vincent que j'aurais fui à toutes jambes s'il m'avait été donné de l'endurer quotidiennement. Tout ce qui est fusionnel me tue. Certes j'avais été victime d'une conjugalité des plus solitaires mais j'avais au moins eu l'avantage d'exister en toute indépendance dans la maison que nous avions aménagée ensemble, avec son jardin aux courageuses fourmis, sa cuisine où pleurer le nez dans mon café, ses chambres pleines des jeux de nos filles, son grand séjour où recevoir nos amis, son divan bien trop vaste où je m'étais sentie chez moi dans les bras de Lomdelo.

Quelques jours plus tôt notre ours national m'avait demandé de relire le témoignage qui lui avait été commandé à titre personnel par l'Association des Mister Bear. Je l'avais fait volontiers, touchée de sa confiance. La page était limpide, émouvante, résumant son histoire. Nikolaï, dont le français progressait de jour en jour, avait écrit avec une sobriété digne d'un poète objectiviste : « J'ai trouvé un ami, il pourrait être mon père. En plus il est marié avec une femme super. Une sorte d'union libre, très libre en fait. Je n'avais jamais vu ça nulle part : chacun sa vie, une maison pour tous. Leur maison est devenue notre maison, à lui et moi. On a fait couple. On est le couple. »

Rien de neuf, me semblait-il. En quoi je me trompais, aveuglée par ma sempiternelle bienveillance. Je n'avais en effet retenu que le *chacun sa vie, une maison pour tous* proche du rêve de la maison qui volait en évitant les obstacles. Il me faudrait un temps d'errance, pour ne pas dire de souffrance, pour prendre la mesure de la petite phrase qui aurait dû me crever les yeux : *Leur maison est devenue notre maison, à lui et moi.*

## 62

La question du territoire, envisagée très différemment par Vincent et par moi, constituait une des principales sources de ma frustration. Depuis l'arrivée de Nikolaï, c'était pire : je me sentais poussée de côté comme du temps de Brian dans la villa d'Aix-en-Provence, mais dans notre propre maison. L'âge me rendait invisible quand Vincent, lui, affirmait sa soixantaine revivifiée par le rayonnant jeune homme qui se tenait à ses côtés en permanence. Faire quelques pas avec Vincent devenait impossible, tout aparté mettant Nikolaï en transe. Il me traitait courtoisement, mais sa politesse alternait avec des bouderies imprévisibles, grommellements, regards fuyants, portes claquées, grève du repas au prétexte d'un manque d'appétit. Vincent, comme assis sur une charge de dynamite, ne bronchait pas. Je pris moi aussi le pli de m'absenter aux repas : j'avais une réunion, ou j'avais fait un petit déjeuner trop copieux, ou je terminais un travail urgent. Je me raisonnais en pensant que ces simagrées n'étaient pas mon problème, mais ce l'était, en réalité. Après tout j'étais encore chez moi, ou plutôt chez nous, dans notre maison volante qu'aucun obstacle n'avait pu, jusque-là, arrêter, mais qui, à l'évidence, perdait de la hauteur comme un avion en panne d'un de ses moteurs.

Le témoignage de Nikolaï parut dans un article visant, conformément à la mission à laquelle il s'était engagé, à sortir de l'invisibilité les couples homos âgés. Parmi ces gays et lesbiennes enlacés émergeait le duo Vincent-Nikolaï dont il était dit que l'un aimait les hommes jeunes, l'autre les hommes mûrs, union *win-win* et magnétisme à tous les étages. Je n'étais pas vraiment dupe. Nikolaï avait à peu près l'âge de nos filles mais, contrairement à elles, il arrivait de loin, sans racines, sans travail, et dépendait entièrement de Vincent. Nous n'avions pas divorcé, Vincent avait simplement pris une seconde épouse. Deux pour cent de la population mondiale vit sous régime polygame et j'en faisais partie. La polygamie est admise pourvu que l'homme puisse subvenir équitablement aux besoins de chacune et ce cahier des charges, à l'exception du partage du lit en alternance, Vincent le remplissait sans faiblir. Si j'avais, à force de travail, acquis une autonomie financière, c'était après avoir été protégée un certain temps par son salaire. Qu'avais-je protégé en retour ? Son secret, cette double vie que j'autorisais par réalisme mais avant tout par désir d'indépendance.

Les fêtes, depuis l'arrivée de Nikolaï, ne débouchaient plus sur une intersection des mondes. Disparus, les hétéros. Je suppose que la sociabilité de leur couple fraîchement établi devait en passer par là, mais je crois aussi que les temps avaient changé : le cloisonnement régnait en maître. Pour le reste, c'était toujours trop de vaisselle, d'argenterie, de fleurs, de nourriture, mais Nikolaï m'avait remplacée à la préparation, *banitsas* et *tarator* évinçaient mes tartes aux légumes et son tiramisu était parfait. À son tour d'affronter le perfectionnisme stakhanoviste de Vincent, ce en quoi il brillait par un sens pratique infiniment plus performant que le mien. Quant à moi, j'étais passée au statut d'invitée. Il arrivait que je reste pour l'apéritif avant de quitter discrètement les convives rassemblés par ce couple hôte qui n'était plus le mien. Je filais au musée, au cinéma, en balade, et revenais le soir, comme un chat, pour me repaître des restes. Au moins, me disais-je, le lieu continue à vivre. Mais pour moi l'amusement avait fait long feu. La maison volante, circassienne, kaléidoscopique, devenait *notre maison, à lui et moi*, comme Nikolaï l'avait écrit.

Cependant le décor était le même. C'étaient les meubles de famille, les objets hérités de ma belle-mère, le tableau que Vincent m'avait offert pour mon premier livre. Une seule chose avait disparu : la photo de notre couple derrière le bouquet de cosmos. Je mis un certain temps à m'en apercevoir. J'avais fait migrer vers ma chambre une photo où nous marchions enlacés (j'étais alors enceinte), une autre où nous fixions l'objectif avec désinvolture (*vous êtes un couple étonnant*, la photo le disait, prise par Brian à Londres), une troisième où j'avais l'air ailleurs (c'était le temps de Markus ou Jérôme). Mais la photo aux cosmos, je l'avais laissée sur la bibliothèque du salon, là où elle avait toujours été, où Nikolaï l'avait photographiée. Je le soupçonnai un moment de ce rapt. J'interrogeai Vincent, qui m'avoua qu'il l'avait lui-même ôtée par égard pour Nikolaï. Où était-elle ? Il ne savait plus très bien. Je finis par la retrouver dans le tiroir où se trouvait le carnet de vaccination du chat, puis l'égarai en voulant la ranger. Aujourd'hui il me semble que je l'ai perdue pour de bon. De mois en mois, j'ouvre en vain les tiroirs, sonde en vain les rayons de la bibliothèque, explore en vain les meubles où elle aurait pu se glisser. Pourquoi ne l'avais-je pas fait migrer elle aussi vers ma chambre ? C'était comme si j'avais voulu qu'elle demeurât, même cachée, dans le séjour commun.

## 63

J'ai dit que nous constituions un piège. Nous laissions sur le bord du chemin des êtres qui, après avoir échoué à nous séparer, partaient à vau-l'eau. Avec une confiance illimitée dans notre maison volante, nous nous tournions alors vers de nouvelles aventures, ignorant que le piège nous enfermait aussi. « *Vita was always in love* », dit Nigel Nicolson de sa mère. À une certaine époque j'aurais pu dire la même chose de Vincent et, dans une moindre mesure, de moi-même. Relancer sans cesse le carrousel aux amours est une drogue. On passe son temps à s'agiter, ce qui donne l'illusion de la vivacité du lien, en réalité on tourne en rond, deux poissons rouges prisonniers du même bocal, le troisième, éjecté, s'asphyxiant sur la table.

Je pensais de plus en plus à ce pauvre poisson-là.

Je conduisis un jour Nikolaï à l'aéroport, Vincent ayant une réunion de travail. Durant le trajet j'entendis les doléances d'un cœur meurtri. Jamais il ne trouverait sa place entre nous qui avions passé tant d'années ensemble dans la même maison avec nos enfants. « Vincent parle trop souvent de toi », disait-il, ce dont, évidemment, je ne me rendais pas compte. Bref, il me confiait sa douleur de devoir partager avec moi le territoire familial alors qu'il n'avait pas de famille, lui, ou si peu, abandonné jeune par son père, sa mère et sa sœur restées au loin, à Sofia où il partait pour l'heure. Certains jours, me dit-il, il envisageait de rentrer définitivement en Bulgarie où il renouerait avec une vie de placard et de solitude.

Je l'écoutais avec une compassion mesurée. Savoir s'il s'agissait d'un chantage ou d'un pur désespoir, je ne parvenais pas à en décider. C'était la première fois que la frustration d'un amant de Vincent s'exprimait aussi limpidement, corroborant mes craintes de longue date. Il m'était même arrivé de penser : Un jour il y aura un suicidé entre Vincent et moi. Nikolaï était plus jeune et plus impulsif que les autres, capable sans doute, comme le craignait Vincent, de le quitter du jour au lendemain.

Je comprenais son désir de s'établir avec Vincent comme un couple sans passé. Je lui expliquai cependant, du haut de mon expérience, que Vincent avait eu une vie avant lui et des enfants surtout, et qu'il ne pourrait pas tout effacer pour repartir d'une page blanche. Il s'agissait de l'histoire banale d'une famille recomposée, dis-je, maternellement, plein de gens vivaient ça, plus ou moins bien, certes, mais ce n'était pas si grave et, quant à moi, je pouvais aisément m'effacer, ça s'appelait *divorcer*. Nikolaï s'était calmé, son chagrin avait fondu subitement.

Quelque temps plus tard, à la date anniversaire de notre mariage, que Vincent oubliait, je lui dis : « Il y a trente ans je t'ai demandé en mariage, maintenant je te demande en divorce. » Ce n'était pas plus compliqué que ça : je résolvais la crise climatérique et reprenais ma vie en main. Je priai Vincent de lancer les démarches auprès du notaire et de l'administration communale. Il tarda un hiver et un printemps. Lorsque je revins à la charge, il hésitait : « Est-ce vraiment nécessaire ? » Oui, insistai-je, car il y avait deux personnes qui souffraient, Nikolaï et moi, il fallait mettre les choses au clair, séparer les territoires, ajuster notre contrat à la réalité. Vincent dit alors que le divorce ne serait qu'une étape dans notre histoire, que tout serait plus simple après, que nous allions trouver un nouvel équilibre, une nouvelle manière de nous parler. Il l'affirmait avec confiance et je me réjouis, anticipant cette nouvelle ère où tout serait enfin à sa juste place. Peut-être même retrouverais-je, qui sait ?, moi aussi quelqu'un. Divorcer m'apparaissait comme la formule magique pour entamer l'ère de paix convenant à notre âge. Cela ne nous empêcherait pas de négocier ensemble certaines questions familiales, sur ce plan-là nous garderions la main. Pour le reste la situation serait plus nette, plus confortable, Nikolaï ne serait plus jaloux et moi j'allais jouir d'un célibat enfin paisible.

En réalité cela ne changea rien du tout. Sauf pour les mots. Autrefois, lorsque Vincent me laissait un message, il commençait par « Bonjour mon amour ». Un jour arriva un « Bonjour » suivi seulement de mon prénom. Des *Bonjour*, j'en recevais quotidiennement en lien avec mon travail, le *Cher/Chère*, devenu obsolète à l'ère de la fluidité des genres. Mais venant de Vincent et alors que rien n'avait encore été négocié, ce « Bonjour » tout nu signait la fin du « Bonjour mon amour ». Sans sommation, tel le bouvier changeant un beau matin ses bêtes de pâturage, le *mon amour* avait levé le camp vers un autre territoire. Il n'y avait aucune place pour mon indignation, tout était tendu, feutré, maîtrisé dans les moindres détails. L'emploi du temps de Vincent et Nikolaï était un jeu de Tetris dont ils remplissaient toutes les lignes pour qu'il n'y ait plus une seule case vide où je puisse introduire un geste, une protestation, un regard.

Lorsque je lui reprochai d'être devenu froid à mon égard, Vincent me dit : « Si je ne le suis pas, tu ne feras pas ton deuil. » Comme si un lien pouvait être tranché du jour au lendemain sans que ce deuil soit élaboré, parlé, *travaillé*, comme dit Freud. Était-ce une réaction typiquement masculine ? Je finissais par le croire pour en avoir été l'objet dès mon premier grand amour.

J'avais dix-huit ans, il était beau, ironique et distant, je l'aimais éperdument et pour toujours, lorsqu'il m'avait dit, du jour au lendemain, que c'était fini. « Fini comment ? » avais-je demandé, sous le choc. « Fini, fini. » « Mais pourquoi ? » Il évitait mon regard. « Parce que tu es *trop*. » « *Trop* quoi ? » Il avait répété : « *Trop* » et tourné les talons. J'étais restée plus d'un an piégée par ce *tu es trop*. Des insomnies terrifiantes et l'impression d'être perpétuellement sous le niveau de la mer (on n'appelait pas encore ça une *dépression* à l'époque).

*Trop*, donc. Est-ce *trop* de vouloir mettre quelques mots sur la chose ?

## 64

Pour Vincent je devenais *trop* aussi, d'une certaine manière. Sa nouvelle vie exigeait de lui une énergie phénoménale, d'autant que Nikolaï le mobilisait en permanence. Il acheta un appartement pour installer leur cohabitation dans un lieu neuf, sans les meubles ou tableaux que nous avions choisis ensemble. Moi qui restais dans la maison, entourée des souvenirs de notre existence, je ne parvenais pas à faire comme si notre histoire était finie. Certes je devenais aussi froide envers Vincent qu'il l'était à mon égard, mais tandis qu'une morne glaciation colonisait mon existence, lui m'apparaissait plus vivant que jamais.

Parfois je me disais que j'aurais préféré qu'il meure : des veufs et des veuves parvenaient à refaire leur vie. D'autres fois, au contraire, j'avais peur qu'il s'écroule d'un coup à force de se donner tant de mal pour que personne ne souffre. Puisqu'il se démenait pour veiller sur Nikolaï, je devais admettre que j'avais été moi aussi l'objet de tous ses soins mais que c'était fini, bien fini. Comme dans les contes de fées, la vérité avait gagné. Elle prenait le visage de leurs selfies rayonnants, de leurs gestes tendres, de certaines déclarations qui leur échappaient, *on est le couple* (Nikolaï), *c'est la plus belle histoire d'amour que j'aie jamais vécue* (Vincent). Je traçais mon chemin à travers ces petites phrases que le temps m'apportait comme des débris sur une grève balayée par les vents, là où un bateau s'est définitivement abîmé dans les flots. Je me penchais, ramassais, comparais. *La plus belle histoire d'amour* c'était plus fort que *le couple le plus étonnant.*

N'empêche, de part et d'autre il s'agissait d'images idéales. À ceci près que dans la seconde histoire il y avait un couple qui s'approfondissait dans la plus stricte fidélité, capable de se quereller comme de se réconcilier dans le lit commun, le corps faisant partie de l'équation. Tandis que dans la première, dont j'avais fait partie, le paysage avait été brouillé par des sorties de route, des compromis labyrinthiques et des corps de plus en plus virtuels. Une maison qui vole ce n'est pas réel, ça ne touche pas terre ; le jour vient où il faut *faire son deuil* de ce rêve-là, passer à *autre chose.* Cet *autre chose* avait peut-être toujours été là. Car, sauf sur la photo disparue, celle du bouquet de cosmos, j'avais toujours l'air distrait sur nos anciennes photos. Si je souriais, c'était avec un brin d'ennui ou de désinvolture, telle une enfant impatiente de retourner à ses jeux. Le couple m'était un vêtement trop étroit, je semblais toujours prête à en jaillir. Vincent, lui, fixait crânement l'objectif. Il vivait. J'échappais. Bientôt nous ne serions plus visibles qu'au milieu d'une fratrie ou d'un groupe d'amis. Puis nous n'existerions plus. Nous existerions séparés.

Un jour Vincent fut sans Nikolaï pendant une heure ou deux. Nous parlâmes de nos filles et de détails relatifs à la maison sans aborder le cœur du problème, sauf de loin, comme deux médecins évoquent à mots feutrés, sans empiéter sur la spécialité de l'autre, un défi chirurgical commun. Une brève allusion de Vincent à leurs engagements et loisirs me fournit une nouvelle clé d'indulgence : il adorait la sociabilité gay, les rencontres, les soirées, la tolérance citadine, fréquenter les siens, les repérer spontanément dans les rues, établir le contact, élargir le cercle. Je compris soudain que, après la passion sexuelle des débuts, Nikolaï et lui pourraient vieillir ensemble grâce à cette vie sociale partagée, là où la nôtre – à l'exception de nos défuntes fêtes – avait été artificielle et clivée. Cet échange instructif me parut libéré des tensions, après tout nous étions presque vieux, rabotés par nos aventures respectives. Puis Vincent repartit vers leur logement commun. Je me fis couler un bain chaud – merveille de l'eau chaude quand tant de gens dorment dehors dans le froid –, puis je me mis au lit avec un livre – merveille de la lecture quand tant de gens s'assoupissent sur un écran allumé. Cependant je ressentais un vide plus grand que les autres soirs simplement parce que Vincent avait été là et qu'il ne l'était plus.

# 65

Le divorce n'avait rien résolu. Il n'y avait pas de nouvelle vie après Vincent. Fallait-il que je change de maison, de région, de pays ? Devais-je arracher de moi notre histoire comme j'avais massacré le buddleia ? Je l'avais tenté, m'amputant de la mémoire du lit, du souvenir des gestes. Cela ne suffisait pas.

Comme pour aggraver ma déréliction, je découvris, moins de neuf mois après avoir fait encadrer le portrait d'Edmond avec, croyais-je, toutes les garanties nécessaires, une tache suspecte, noirâtre, jaillie du passe-partout signé par Gratiniano Obando. La moisissure rongeait le bas de la photo et l'image avait mystérieusement pâli, perdant en rayonnement. La progression sournoise de cette dévastation m'avait empêchée d'en prendre conscience plus tôt. Dès le lendemain je retournai chez l'encadreuse, qui, après avoir extrait la photo de son dispositif coûteux, constata les dégâts mais refusa de me rembourser ou de faire jouer une quelconque assurance, arguant ne pas connaître l'état d'humidité éventuel de ma maison et n'avoir jusque-là jamais eu la charge d'une photo aussi ancienne.

Cet accident désolant m'arrivait à l'heure où il me semblait avoir épuisé toutes les pistes concernant Edmond. Comme si, une fois accomplis mes rôles d'enquêtrice et de mère-sœur d'Edmond, je ne pouvais qu'assister au retour de la *damnatio memoriae* dont il avait été victime. L'asphyxie produite par l'enfermement dans le cadre, une négligence de l'atelier d'encadrement ou tout simplement l'arrivée de cette image à la lumière du jour renvoyaient brutalement Edmond à son destin, celui d'être effacé à jamais. Je ne pouvais m'empêcher de penser, en cet été où des exploitants criminels boutaient le feu à la forêt amazonienne tandis que des guerres ailleurs faisaient rage, que c'était l'air même que nous respirions qui devenait néfaste, s'attaquant aux arbres, aux animaux, aux humains en sursis et jusqu'aux morts, ces ombres chères parvenues jusqu'à nous par le miracle de la photographie. Ma photo, je veux dire celle d'Edmond, lui avait survécu cent soixante ans dans l'ombre, une image rare, *rimbaldienne*, comme me dit avec une mélancolique admiration un ami archiviste consulté en urgence. Son sommeil à l'abri des regards avait duré le temps du déni familial, sa révélation faisait disparaître le jeune homme à nouveau. L'accablement que j'en ressentis agit comme un sceau brûlant apposé sur ma propre vie, cachetant à jamais son ère la plus ardente. Année après année j'avais résisté les yeux secs. La ruine du portrait d'Edmond libérait enfin mes larmes. J'en demeurais hébétée, emportée par une vague qui charriait tous les naufrages, forêts, insectes, oiseaux, banquise et morts aimés.

C'était donc cela, le *chagrin*.

# 66

Alors, comme Alice se jetant à la suite du Lapin Blanc vers le Pays des Merveilles, je décidai de rejoindre une dernière fois mon lièvre dans le terrier du temps. Je partirais pour Freiberg, à quelque deux cent trente kilomètres de Berlin. À Berlin, j'avais un ami qui me réclamait depuis des lustres. J'allais passer quelques jours chez Alain-de-Berlin et je louerais une voiture pour me rendre à Freiberg où je logerais deux nuits. Je comptais explorer les monts Métallifères, cette région de Saxe où Edmond avait déambulé et prospecté durant ses études à la Bergakademie. Je pris les devants en écumant Internet. L'imposant bâtiment d'origine n'avait pas changé mais abritait désormais un enseignement interdisciplinaire allant des géosciences aux études informatiques en passant par l'engineering et l'économie soutenable. Je trouvai l'adresse du recteur de la Bergakademie et lui écrivis, dans un anglais courtois, un message signalant que j'étais à la recherche de renseignements sur un de mes ancêtres qui y avait étudié au milieu du dix-neuvième siècle et que j'aimerais, si possible, lui rendre visite dans ce but.

Je me souvenais très bien de mon premier séjour chez Alain, rencontré à Bruxelles où il était de passage et qui avait alors proposé de m'héberger quelque temps à Berlin. C'était la première fois que je quittais Vincent pour vivre durant une semaine chez un homme qui m'avait fait rire aux éclats dans un café. Lors de ma découverte de la ville, il avait été mon mentor avec élégance et humour. Peu après mon arrivée nous étions allés pique-niquer dans le Lietzenseepark, proche de chez lui. Alain s'était assis sur l'herbe en face de moi, s'était déchaussé et avait placé ses pieds nus au creux de mes cuisses. Devant nous, les moineaux picoraient nos miettes. Plus loin, sur la pelouse, un grand homme au teint de brique dansait. Il avait aligné devant lui une dizaine de canettes de bière, il en portait une à ses lèvres, puis entrait dans une transe gracieuse, à grands mouvements de bras, à gestes lents et fervents. Un jour, avais-je pensé, tu seras toi-même dans cette joyeuse solitude.

Le lendemain, nous nous étions rendus à Wannsee, sur l'île aux Paons. Dans la barque qui nous y emmenait, Alain avait mis son bras sur mon épaule. Je m'étais dit : Si c'était le bras de Vincent, je renverserais la tête et me laisserais aller. Je pensais tout le temps à lui qui m'avait encouragée à partir, m'accompagnant jusqu'à l'aéroport. Durant le trajet en avion, il avait plu et la vitesse collait des gouttes en longues traînées sur les hublots, comme des larmes sur un visage. Pourquoi Vincent n'était-il pas avec moi ? C'était avec lui que j'aurais voulu visiter Berlin. Le fait qu'il m'ait poussée à accepter l'invitation d'un homme que je connaissais à peine me brisait encore davantage. Aussi, être toute la journée avec Alain m'angoissait et je faisais bien attention à ne pas me laisser aller, justement. Depuis ses pieds nus posés sur moi, j'imaginais qu'il voulait me séduire et cela me terrifiait. Je ne voulais pas que mon séjour soit occupé par autre chose que par Berlin et par la manière dont Alain me pilotait sans hâte ici et là, chaque lieu lui rappelant une femme qu'il avait aimée.

« Les noms passent, l'amour reste », disait-il en riant. Mais moi je ne voulais pas être un nom qui passe et qu'il finirait un jour par citer en faisant visiter Berlin à une autre. Quand un être rare traverse ma vie, je préfère en faire un ami pour toujours.

Finalement mon nom resterait quand même puisque, à défaut de faire de moi une nouvelle amoureuse, Alain avait commencé, après mon départ de chez lui, à m'écrire sur les femmes qui continuaient à peupler son existence. Il m'adressait par voie postale une sorte de Journal de ses amours, tracé au crayon sur des feuilles de ce papier sulfurisé qui sert à empaqueter les tartines *des estomacs à pattes que sont les Allemands*, selon son expression. Moi j'étais une correspondante à pattes, friande de ses en-cas poétiques. Je les archivais après les avoir extraits de leur enveloppe qu'il fabriquait dans des emballages alimentaires récupérés, découpés et ornés à mon intention. Une débauche de *mail art* dadaïste que la poste me transmettait fidèlement jusqu'à trois fois par semaine. À l'époque les gens s'envoyaient encore des lettres, et moi j'étais aux premières loges pour m'amuser du récit des conquêtes de mon Berlinois préféré. Elles étaient toutes pulpeuses et diplômées, ces Vessela, Helga ou Brana dont les prénoms m'évoquaient des ménagères plutôt que les sirènes qu'il me décrivait à longueur de pages.

Alain, autrefois, était une fille. Il me l'avait dit d'un air parfaitement naturel, comme moi j'aurais pu dire : « Petite, j'étais un *garçon manqué* » (expression non réversible, personne ne dit d'un garçon qu'il a été une *fille manquée*). La mère d'Alain, qui voulait une fille, l'avait traité comme telle.

Jusqu'à l'âge de l'école, il avait gardé les cheveux longs et porté des robes. Elle lui avait appris à cuisiner, à faire le ménage, à coudre, ce qu'il continuait à faire. Un soir, il m'avait demandé si je désirais voir les photos de son enfance. Nous étions dans sa cuisine, il était allé chercher l'album, l'avait posé sur l'étroite table de formica et j'en avais tourné les pages. Alain avait été une très jolie petite fille, aussi blonde que sa mère était brune, aussi féminine que son père était mâle de carrure, menton, nez, regard, mâchoires. Les pages de l'album étaient d'un gris funèbre et les photos en noir et blanc avaient des bords dentelés. Je ne me souviens pas des détails, je me souviens simplement qu'enfant il avait déjà l'air intelligent et drôle. Des années plus tard, il avait découvert que se vêtir entièrement de blanc le faisait se sentir androgyne, un ange en quelque sorte, même si la chasteté n'était pas à son programme. Toute sa garde-robe était blanche : de belles chemises et des vestes blanches, des pantalons blancs, des chaussures qu'il passait au cirage blanc, des bérets et des canotiers blancs. Même son vélo était blanc. Tel quel il avait la conviction d'être fait d'une matière particulière, attirante et fluide.

Je le revis avec joie. Vêtu de blanc à son habitude, ne quittant pas, sauf chez lui, son Stetson blanc. Mince, la démarche tranquille, le regard attentif, une troublante voix de basse. Des rides lui étaient venues, sa chevelure mi-longue s'était clairsemée mais son élégance immaculée lui attirait toujours la sympathie des passants. Il faisait vingt-cinq degrés avec une brise agréable, un temps idéal pour parcourir la ville à vélo, lui sur sa bécane blanche, moi sur la rouge qu'il tenait à la disposition de ses visiteuses. Comme j'avais déjà écumé les musées lors de ma visite précédente, nous nous contentâmes de nous arrêter un moment devant l'exposition de photos sur l'esplanade dite de la Topographie de la Terreur, située le long des vestiges du Mur. Et là je vis une photo du pillage par les nazis de l'Institut fondé par Magnus Hirschfeld et une autre du brasier dans lequel furent jetés tous ses livres et ses archives.

## 67

Je n'avais reçu aucune réponse du recteur de la Bergakademie, ce qui ne m'empêcha pas de louer une voiture dans une agence du Kaiserdamm et nous partîmes vers Freiberg. J'avais réservé un gîte pour deux nuits dans un village de Saxe, Alain prit la chambre, moi le divan du salon. Il se coucha tôt tandis que j'explorais au crépuscule l'unique rue du village et son église luthérienne entourée d'un charmant cimetière. En Allemagne, il est interdit d'imperméabiliser le sol par ces dalles funéraires vastes comme des lits doubles qui prolifèrent chez nous. Les morts allemands, comme ceux des *churchyards* anglais, se contentent d'une stèle plantée dans un parterre fleuri, de sorte que l'on se promène dans un jardin merveilleux où les gens pique-niquent, nourrissent les écureuils ou lisent sur les bancs disposés de proche en proche. Ce petit cimetière saxon était désert et l'église close, mais tout respirait la propreté et le calme. Un merle chantait éperdument. Edmond allait-il à la messe ? Pensait-il à Schlemyl en parcourant ces sentiers villageois remplacés depuis par des rubans de tarmac ? C'était une région de prés et de bois sans la moindre de ces clôtures qui emprisonnent le gibier, une mosaïque de verts sombres ou clairs où le printemps semblait installé depuis des siècles. Edmond devait les avoir parcourus, ces espaces agrestes ou forestiers dont les bourgs paraissaient confits dans le sucre du temps.

La ville de Freiberg, où nous nous rendîmes tôt le lendemain, semblait n'avoir pas changé depuis qu'Edmond y avait vécu, avec ses maisons à colombages et toits pentus pour faire glisser la neige. Seuls les rez-de-chaussée transformés en pharmacie, pâtisserie ou boutique de souvenirs signalaient, sagement, le passage du temps. Aucun édile n'avait autorisé le massacre des portes et fenêtres pour en faire des vitrines commerciales. Gâteaux, vêtements, crèmes de beauté ou jouets s'encadraient en toute discrétion dans ces façades séculaires. La cathédrale Sainte-Marie, élevée en style roman, détruite par un incendie puis rebâtie en style gothique, contenait un orgue mythique datant du dix-huitième siècle. Edmond l'avait certainement entendu comme j'aurais voulu l'entendre, mais ce jour-là l'orgue était silencieux, ses tuyaux étincelant au cœur des boiseries sculptées et dorées à la feuille. Pendant que nous déambulions, Alain et moi, je notai que les statues de saintes se trouvaient contre les piliers de la travée centrale alors que les saints se tenaient dans les travées secondaires. Les femmes et les hommes étaient donc séparés, les premières offrant leurs visages doux et leurs poses gracieuses, les seconds des épaules de lutteurs, des barbes considérables et des yeux flamboyants. Cependant un saint Jean-Baptiste avait rejoint les femmes. Dressé au bord du chœur, il était mince, la barbe courte et soigneusement taillée, les yeux rêveurs, la bouche petite et pulpeuse. D'une main gracile il bénissait l'assemblée, l'autre supportant un globe terrestre de bois doré. Le Christ, même souffrant sur la croix, avait un torse d'athlète. Le Baptiste, lui, nourri de sauterelles et de miel sauvage, était nettement plus fluet. Je me dis qu'on l'avait placé du côté des femmes pour représenter *le troisième genre*, comme disait Hirschfeld. Il se trouvait non loin d'elles mais tout seul, vêtu de poil de chameau et prêchant dans le désert.

Partout où nous allions, Alain traduisait, mon anglais ne servant pas à grand-chose en Saxe, région modérément fréquentée par les touristes. Quand nous nous rendîmes, à quelques kilomètres de Freiberg, dans la mine d'Annaberg-Buchholz classée par l'Unesco, il me dénicha un audioguide en français qui me permit d'échapper partiellement à la voix tonitruante du guide saxon qui ruinait le profond silence régnant dans ces galeries où luisait faiblement la roche nue. Tandis que nous parcourions le fond de la mine dans un petit train rudimentaire puis à pied, je me disais qu'Edmond avait dû y passer lors de travaux pratiques avec ses professeurs, dans un silence rythmé seulement par le tintement des outils pour ainsi dire préhistoriques servant à l'époque à l'extraction du minerai. Je m'efforçais d'imaginer les mineurs d'alors qui mouraient à trente ans, eux aussi, épuisés par les travaux de taille dans ces galeries étroites où sévissaient, été comme hiver, une humidité tenace et une température de huit degrés. L'éclairage se faisait aux lampes à huile fichées dans la roche et à la bougie placée dans la boîte que chaque mineur portait au cou. Tout cela dégageait une fumée qui s'ajoutait à la poussière de roche meurtrière pour les poumons des hommes. Leurs outils dérisoires, le marteau et le burin, n'autorisaient qu'un creusement d'environ douze mètres par an. Dans ces galeries héroïques, sous ces tonnes de roche, nous étions abrités de la pluie diluvienne qui s'abattait ce jour-là sur les monts Métallifères.

Nous terminâmes notre journée en retournant à Freiberg pour nous arrêter, juste avant sa fermeture, à l'office de tourisme, où je comptais acheter une babiole en souvenir. Et là, dans une vitrine, à côté du décapsuleur en forme de lampe de mineur que je convoitais, j'aperçus une figurine en pantalons moulants blancs, veste de drap vert à col officier, épaulettes dorées, sans oublier l'épée au côté et, sur la tête, le shako frappé du motif de marteau et burin de la Bergakademie. Enfin je voyais les couleurs de l'uniforme d'Edmond sur la photo à l'épée. Juste à côté, une statuette de métal représentait un mineur vêtu d'une veste au vaste col identique à celle qu'il porte sur le portrait offert par Gratiniano Obando. Dès lors je racontai à la préposée de l'office de tourisme, dans un anglais qu'elle comprit miraculeusement, la raison de ma présence à Freiberg et l'histoire de mon ancêtre déguisé en mineur.

« Ce n'est pas un déguisement, me dit-elle. C'était la tenue officielle des étudiants lors de la remise des diplômes de la Bergakademie.

– Un costume de mineur ?

– À l'époque on désignait d'un seul mot le mineur et l'ingénieur. Une fois diplômé, l'étudiant devenait l'homme des Mines, un “mineur” donc. Ce qui explique le costume. »

Je possédais une clé d'interprétation de plus : il ne s'agissait pas d'un travestissement mais bien de la tenue rituellement portée lors de la remise des diplômes, ce qui constituait une confirmation, s'il en fallait, de la réussite d'Edmond. Cependant je ne pouvais croire que la photo offerte par Gratiniano Obando ait été l'officielle. L'attitude en était trop détendue et une calebasse à maté n'aurait pas dû y figurer. Probablement qu'à l'issue de la séance prévue Gratiniano avait commandé au photographe une deuxième pose pour le portrait qu'il offrirait à son ami.

Il me semblait que j'avais enfin levé tous les mystères et que je n'en aimais Edmond que davantage, avec tendresse et fierté.

## 68

De retour à Berlin, nous retrouvâmes le beau temps. Chaque matin je lisais dans le Lietzenseepark, toujours sur le même banc à l'ombre des grands arbres. J'avais pris avec moi *Les Alchimistes grecs* pour le relire avec un regard neuf. Lors de ma première lecture j'avais laissé de côté le dernier chapitre, lequel n'était pas consacré à la fabrication des métaux mais aux perles, sujet qui m'intéressait médiocrement, le collier offert par ma mère s'étiolant depuis mes dix-huit ans au fond d'un tiroir. À l'heure où le soleil s'élevait au-dessus des frondaisons du parc et où les promeneurs, vélos, landaus, chiens et ballons se faisaient plus nombreux, je découvris dans les dernières pages du livre le procédé dit de *décapage et brillantage des perles* qui permettait de remédier à leur dépérissement au moyen d'un mélange de bière d'orge, de scammonée – une sorte de liseron –, de crottin de cheval et d'autres broyats faits d'orpiment, de magnésie et de miel. Donnée ensuite à un oiseau qu'on laissait mourir de soif, puis exhumée de ses entrailles, la perle redevenait brillante. Car « si la couche supérieure est abîmée (improprement "morte"), le centre de la perle n'est pas mort ».

Au-dessus de ma tête, tandis que je méditais ces tortures alchimiques, un oiseau invisible chantait si parfaitement, en ses trilles virtuoses, que je crus à l'un de ces enregistrements prévus dans certains parcs pour remplacer la faune ailée en voie de disparition. Alain rit quand je lui posai la question. « Il y a plein d'oiseaux à Berlin », me dit-il de sa voix rassurante. Le dernier matin de mon séjour, je capturai le chant de l'oiseau mystérieux avec mon téléphone portable. Alors qu'à l'aéroport j'attendais mon vol de retour, une application m'apprit qu'il s'agissait d'un rossignol philomèle.

# 69

Encore plus inattendue et réjouissante que l'irruption du chant du rossignol ou la révélation que *le centre de la perle n'est pas mort* fut la nouvelle, à mon retour de Berlin, que Nikolaï avait enfin trouvé du travail et qu'il commençait à rêver à des projets personnels, fort de son premier salaire. Vincent, qui désormais passait de nombreux moments sans lui, se montrait envers moi nettement plus détendu. J'avais réclamé longtemps un vrai regard, il me revenait enfin. Il n'y avait entre nous plus aucun contentieux, ma rancune envolée par le simple fait de me retrouver de temps à autre hors âge glaciaire. Pourtant ces deux-là demeureraient probablement ensemble pour le reste de leurs jours mais cela ne me blessait plus. Je me demandais simplement, avec étonnement, pourquoi ils avaient tous deux changé à ce point en si peu de temps. Peut-être n'avaient-ils pas changé après tout, peut-être était-ce moi qui avais changé. Quand Vincent quittait la maison pour revenir vers Nikolaï et leur appartement, je me blottissais avec un livre sur le divan toujours trop grand du séjour toujours trop vaste et je me sentais autant chez moi que le jour où Lomdelo m'y avait tenue dans ses bras.

Cet apaisement subit était inespéré, une bulle d'équilibre dans un monde de plus en plus violent, mon retour de Berlin coïncidant, à Bruxelles, avec une flambée d'agressions homophobes. Il m'arrivait de penser que le fait de me passionner pour l'histoire d'Edmond avait modifié de manière subliminale l'attitude de Vincent et Nikolaï à mon égard, petite goutte de potion magique dans le grand chaudron des désastres. J'attribue peut-être trop de mérite à un mort ou de pouvoir à l'écriture. Il reste que chacun d'entre nous occupait enfin son propre territoire et que mon voyage à Freiberg avait fini de pacifier le mien.

Un jour, raccompagnant Vincent à la gare, je le vis s'éloigner sur le quai telle une silhouette découpée, légère, me quittant comme si je ne l'avais pas conduite jusque-là, et néanmoins émouvante, comme sortie d'un vieux film. Je l'aimais sorti de ma vie. Je l'aimais autrement.

## 70

Si je m'interroge sur la finalité de l'écriture de ces pages, il me semble que j'ai cherché à décrire la marche de deux êtres qui défrichent un champ commun à la manière des bœufs ou des chevaux reliés par le front. Sauf qu'il n'est pas besoin de joug taillé dans le bois pour des époux dont chacun a son propre territoire. Une main donnée dans le sommeil, s'enlacer quand on marche, les fils invisibles qui vous lient par le front, je veux dire par la pensée et le rêve, voilà qui constitue ce lien inflexible mais léger qui résiste à la séparation. Du reste c'est encore un rêve qui vient de m'en révéler l'essence, celle que je cherchais à définir dès le début de ma quête par le recours à la méthode des alchimistes grecs, puis aux archives réunies par mon père, puis à mes propres archives, celles de ma conjugalité perdue en moins d'années qu'il n'en fallut à Edmond pour naître, plonger dans la Meuse et mourir.

Dans ce rêve, je me rendais au cinéma pour voir un film dont on disait grand bien. J'étais seule, comme toujours. L'entrée était faiblement éclairée et le guichet assiégé. Trois hommes vérifiaient les billets. Leur tournant le dos, je me dirigeai vers les bornes automatiques. Ma myopie, le noir qui m'entourait, tout contribuait à me brouiller la vue. Je sentis alors un léger remue-ménage derrière moi et j'entendis quelqu'un dire, sans agacement ni mépris, plutôt avec le souci de m'extraire d'une vaine démarche : « Elle n'a pas compris. » Alors l'un des trois hommes, traversant l'obscurité, vint vers moi pour me signaler qu'il ne restait plus un seul billet pour la séance du soir. Je ne savais que faire, dès lors, de ma soirée, sinon rentrer dans la maison sans personne où je m'étais une fois pour toutes interdit la tristesse : il y en avait déjà assez dans le chagrin d'avoir perdu les insectes, les oiseaux, les forêts, la banquise et l'espoir d'un monde meilleur, pour que j'y rajoute le sentiment de manquer d'affection, d'amour, de sexe ou d'une simple compagnie, choses qui n'affectaient que ma petite personne. Je m'apprêtais donc à ressortir du cinéma et à retrouver la rue quand l'homme me suivit et me proposa, avec une parfaite simplicité, de me raccompagner dans la nuit. Cela me parut étrange : certes il avait à peu près mon âge mais je n'étais plus interpellée de la sorte depuis des lustres. Son visage restait dans l'ombre, l'ombre du rêve, mais ce dont je suis certaine c'est qu'il avait exactement ma taille. Élancé et compact. Réservé, attentif. Rien d'intrusif. Sa discrète familiarité me surprit. « Je vous connais, dis-je, mais je ne sais plus d'où. » Il sourit légèrement et j'eus l'impression qu'il me connaissait, lui, parfaitement, mais qu'il ne me dirait pas son nom, ni son métier, ni sa situation quelle qu'elle fût. C'était sans doute un être bienveillant, comme l'avait prouvé sa manière de dire aux deux autres : « Elle n'a pas compris. » Aussi me laissai-je raccompagner. Dehors, il me prit tout naturellement par la taille, et je retrouvai immédiatement la sensation familière, évanouie depuis si longtemps, qui me venait lorsque nous marchions enlacés, Vincent et moi, nos bras entremêlés à la manière d'un joug léger, sensible, mutuellement protecteur. L'homme de mon rêve était un inconnu connu et il me semblait que nous avions toujours marché ensemble.

Mais voici que le paysage changeait. Nous nous trouvions en plein jour au bord d'une eau sauvage. Mes filles étaient là aussi, escaladant les rochers en leur âge redevenu puéril, exactement comme autrefois lorsque Vincent et moi étions de jeunes parents. L'homme se déshabilla, se jeta à l'eau puis revint, et je lui dis alors que j'allais nager moi aussi. En temps normal, je n'ose plus nager dans un cours d'eau, l'absence de Vincent m'a privée du goût du risque, le courant pourrait se révéler sournois, une crampe paralysante surgir, mon cœur lâcher subitement, bref voilà l'eau devenue, pour moi qui suis Poissons jusqu'à l'os, inaccessible, menaçante. Mais dans mon rêve l'homme qui m'avait enlacée au sortir du cinéma était là, assis au soleil sur la rive comme l'était Vincent autrefois, complice de mon désir toujours aussi intense de plonger dans l'eau froide. S'il m'arrivait quelque chose, nul doute qu'il me ramènerait sur la rive. Peut-être me regardait-il pendant que je nageais, peut-être même, qui sait ?, me trouvait-il encore belle. Sa présence garantissait ma sécurité et mon plaisir. Et ce plaisir, immense dans le rêve, ne surgissait pas d'un geste tendre ni même d'une nage conjointe. C'était celui de nager seule dans une eau inconnue, une eau nouvelle, une belle eau.

Au réveil, j'ai eu beau scruter mes souvenirs, aucun homme n'avait ressemblé à celui-ci, jamais. Bien entendu je cherchais dans ma mémoire l'image de ceux que j'avais aimés, avec qui j'avais espéré pouvoir *faire mon deuil* et *refaire ma vie*, comme on dit si couramment.

Ce n'est que le surlendemain, en forêt, alors que je marchais d'un pas précipité pour échapper à l'orage qui me pistait dans les lointains, que m'est soudain venue la pensée qu'il s'agissait d'Edmond. J'ai mis cette pensée à l'épreuve, la rejetant, tentant de l'oublier, puis affublant l'homme du rêve de l'expression *compagnon intérieur* qui m'avait servi autrefois pour me jeter à la tête de ceux qui, de près ou de loin, ressemblaient aux apparitions de mes songes. Les jours qui ont suivi ne m'ont amené personne, rien que cette pensée en boucle : Le bel obscur, c'est lui. Même corps mince, vigoureux – les muscles longs du marcheur, du nageur, du cavalier –, même expression réservée. C'était Edmond mais à l'âge de Vincent, ce qui pouvait expliquer que je ne l'aie pas reconnu immédiatement. Il possédait cette beauté rendue discrète par l'usure du temps, le genre d'homme dont on se dit : Il continue à séduire par l'essentiel, la courtoisie, l'attention. Qu'il fût mort à trente ans ne l'avait pas empêché de prendre de l'âge, l'âge de sa mère l'année où il mourut, mon âge à l'heure où j'écris ces lignes, moi qui, tout au long de ma quête, ai été pour lui une autre mère tout en restant son arrière-arrière-petite-nièce.

Oui, c'est bien Edmond qui s'est jeté à l'eau devant moi, c'est lui qui me regarde nager, précédée, accompagnée, sauvée.

*Pour les citations au fil du texte*

*Les Alchimistes grecs*, tome IX, 1re partie : *Traité des arts et métiers*, texte établi et traduit par Robert Halleux, avec la contribution de Blanche El Gammal, Les Belles Lettres, 2021.

Simone de Beauvoir, *Le Deuxième Sexe*, © Gallimard, 1986.

Hermann Hesse, *Le Loup des steppes*, traduit par Alexandra Cade, © Calmann-Lévy, 2004.

Nigel Nicolson, *Portrait d'un mariage*, traduit par Viviane Forrester, © Stock, 1992.

Francis Ponge, *Le Parti pris des choses*, © Gallimard, 2009.

Virginia Woolf, *Une chambre à soi*, traduit par Clara Malraux, © Denoël, 1977.

## De la même autrice

La Nuit l'après-midi
*Spengler, 1995 ; Minuit, 1998*

J'ai cent ans
*L'Âge d'Homme, 1996 ; Le Serpent à plumes, 1999 et 2006*

Le Jour du chien
*prix Victor-Rossel*
*Minuit, 1996 et 2025 ; Espace Nord, 2012*

L'Ours
*Gallimard, 2000*

Lettres du pays froid
*Gallimard, 2003*

Carnets d'une soumise de province
*Gallimard, 2004*
*et « Folio » nº 4332, 2005*

Karl et Lola
*Gallimard, 2007*

La Barbière
*dessins de Charlotte Mollet*
*Les Impressions nouvelles, 2007*

La Chienne de Naha
*Gallimard, 2012*

Mira
*Les Impressions nouvelles, 2013*

La Mémoire de l'air
*Gallimard, 2014*

Dans la maison un grand cerf
*Gallimard, 2017*

Nous sommes à la lisière
*Goncourt de la nouvelle*
*Gallimard, 2019*
*et « Folio » n° 6885, 2021*

L'Asturienne
*Les Impressions nouvelles, 2021*

La Fin des abeilles
*Gallimard, 2022*
*et « Folio » n° 7324, 2024*

Dix ans
*dessins de Paul Mahoux*
*Cambourakis, 2023*

Cher instant je te vois
*Verdier, 2024*

POUR LA JEUNESSE

Le Phoque
*dessins de Goele Dewanckel*
*Éditions du Rouergue, 2008*

La Poupée de Monsieur Silence
*dessins de Goele Dewanckel*
*Éditions Frémok, 2018*

Tetti, la sauterelle de Vincent
*dessins de Pascal Lemaître*
*Pastel/École des Loisirs, 2021*

Mille arbres
*dessins d'Aurélia Deschamps*
*CotCotCot éditions, 2022*

RÉALISATION : NORD COMPO À VILLENEUVE-D'ASCQ
ACHEVÉ D'IMPRIMER SUR ROTO-PAGE
PAR L'IMPRIMERIE FLOCH À MAYENNE
DÉPÔT LÉGAL : AOÛT 2025. N° 160343-07 (108031)
IMPRIMÉ EN FRANCE